U0570818

用镜头

+

阅读远方

影像视角下的欧洲旅游文化

闫实 著

浙江摄影出版社

全国百佳图书出版单位

编者的话

　　游历世界的人很多，闫实先生在他的游历中拍摄了高质量的图片，同时书写了视角独特的观感，这很难得。作为一个环球旅行摄影师，闫实在10多年时间里游历了几十国，作为一个极限运动爱好者，单板滑雪、跳伞、赛道赛车、帆船航海……这些都是他认为最好的旅行方式。用他的话说："极限运动不是无谓冒险，也不是征服自然，而是以更热烈的方式与自然缠绵。"当然作为一个摄影家，用镜头记录所见更是他的特长。闫实偏爱"热烈的记录"，他拍摄的照片好像模糊了所谓风光摄影或者纪实摄影的界限，他的作品不乏一些严谨的风光大片，也有很多言之有物的场景。用他的话说："我偏爱唯美而热烈的记录，这更像是在讲述你与这个世界的罗曼史。"

作者的话

这本书不是行记却关乎旅行

这本书不是影集却关乎摄影

时代种下去远方的种子，父亲给我观察的眼睛

在那个物质并不太丰富的 20 世纪 80 年代，我出生了。出生在一个不大却很"重要"的城市，因为这里安才天下安。在泰安度过童年，泰山这座有名的大山对我影响很大。受父亲影响，在我还是个孩童时，我便端起了相机，当然拍摄的第一个对象便是这座山。

我成长在 90 年代，物质还不算丰富，但是国家已经打开国门有些时日。国外文学、电影、音乐大量进入国内。整个成长过程中，我可能比别的孩子更喜欢杰克逊，看了更多海明威、卡夫卡的著作，听了更多黑胶。于是，我的童年就对"国外""远方"有着无限憧憬。

在别处是心态，在路上是状态

人过而立，衣食无忧。昔日对远方的憧憬得以超量补偿，每年数次，行走于世界各地：驾车、驾船、驾飞机，跳山（滑雪）、跳伞、跳桥（蹦极）……当然拍摄仍然是记录这些体验的不二之选。

关于摄影我想多说几句。很多年前，网络摄影繁盛，我曾经在一个论坛里参与过一场"风光摄影"还是"纪实摄影"的论战。当时作为风光摄影的信徒，我不能接受它被说成是"无用的美丽的纸片"。我甚至拿出辩论赛式的技巧把风光摄影者比喻成舒马赫，而纪实摄影者就像出租车司机。言下之意，风光摄影者正在诠释摄影更深层的意义。时至今日，摄影专业的教育背景和世界各地看展的经历也使我能窥见相对全面的当代摄影的样貌。我对不同的摄影形式都心存敬畏。但同时也觉得，我应该坚持以自己喜欢的形式拍摄。现在出去旅行，摄影已经不是目的，我也仅仅把摄影当作工具，把相机当作旅伴。"用镜头阅读"成了对我的旅行最贴切的形容，这本书的名称也因此而来。我深知，书中展示的景色不如一众"90后""00后"的摄影师所拍摄的那样壮阔，书中那些表达观感和认知的场景也起不了纪实摄影的范儿。我觉得这本书可以忝列书架的一点意义，就在于一个没有高晓松的平台和见地，但是比他脸小一点的、会拍照的自由主义知识分子，拿着相机认真地游走世界，用接近10年的时间整理了这些或美丽或有趣的图片和文字。

感谢钱穆、高晓松、樊登、梁文道、尤瓦尔·赫拉利先生和一众先贤给我的启发和很多观察的角度；感谢我的旅伴陪伴我一起行走、一起阅读世界；感谢路上遇到的每个人告诉我你们的样貌和生活。感谢这本书整理出版过程中各位好友的帮助。于是一本不是行记却关乎旅行、不是影集却关乎摄影的书得以诞生。这本书关乎远方，更关乎自己。

旅行不应该仅仅是假期的"正确打开方式",更是阅读世界、精进格局、提升自己认知的"系统补丁"。

有人说科学和艺术就像两条线交替引领着人类向前，我觉得科学更像是引擎，推动人类向前，艺术更像是方向盘，告诉人类"前"在哪里。

　　文化不是腰花，自然地发酵和贮藏比拼命"爆炒"
要更有价值且影响深远得多。"包浆"式的文化沉淀
比"做旧"式的文化生产更值得认同。

我相信日耳曼民族的血管里流淌着的不是血液，而是汽油……

在别处是心态，在路上是状态，请您跟随我的
镜头一起阅读远方……

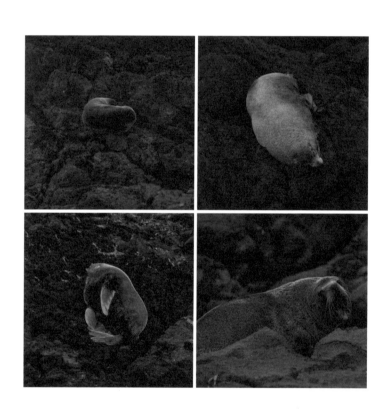

目 录
CONTENTS

THE BEGINNER——希腊   1

底蕴深厚 风韵犹存——伦敦   18

野性的苏格兰与"英国式的炫耀"   42

"艺术的后院"—— 爱丁堡   56

午夜梦巴黎   64

达·芬奇心中的伊甸园 —— 卢瓦尔河谷   78

从麦加到耶路撒冷 —— 威兹拉、纽博格林   94

这个十字最接近上帝 —— 瑞士   112

萨尔茨堡的回响与维也纳的宝藏 —— 奥地利   124

冰的岛   146

写给父亲和儿子   164

THE BEGINNER

——希腊

"Beginner"，在英语里有两重意思——"新手，初学者"或者"创立人，鼻祖"。

一切皆有源头，但是源头或许有不同的呈现形式。比如江河，源头可能是雪山融水，抑或是一片湿地，然后汇成潺潺溪水，涓涓而来，给人以传承有绪、循序渐进的感觉；再比如宇宙，它的源头是一个"奇点"，宇宙万物是由这个"奇点"大爆炸开始，这种爆炸式的开始，就注定星云缠绕、恒星闪烁，绚烂得无法阻挡。希腊是西方文明和海洋文明的源头，那么这个源头，更像是后者……

⌃ 扎金索斯附近的蓝洞

⌃ 凯法尼亚

⌃ 帕克索斯

　　盛夏，我在刚刚完成了一次法国自驾旅行没几天，就又一次背起行囊，奔赴希腊，开启了我自驾帆船的航海"小白"之旅。尽管在船上有经验比我丰富一些的"船长"坐镇，但是整体是"小白"的我们，每每进港泊船，还是不免大喊大叫地紧张一番。尽管眼窝深邃的邻居们面对这几张亚洲面孔都会投来理解的微笑，并施以援手，但我们仍然会很不好意思地连声"sorry"，然后给人家解释一句"we are beginner"。

　　作为航海的"beginner"，小到打一个"羊角结"或者"丁香结"，大到如何理解行船规则和所谓的海洋文化，对我来说都是陌生的。于是，出于对全船人安全的负责和求知的渴望，我逼迫自己开启疯狂学习模式。短短几天，一方面我学会了升降"前帆""主帆"，理解了帆船的用风原理，甚至一度修好了船上失灵的自动舵；另一方面，随着逐渐晒黑，

❄ 夕阳下的波罗斯岛

⚓ MIDAS 号——我们驾驶的船

⚓ 希腊国家博物馆展品

我的身体也在逐渐适应并享受海上的生活，感知海洋的气质。身心结合、气宇吐纳，让我觉得自己对"海洋的文明"，开始有了更多的理解。

　　在我看来，海洋文明与大陆文明在形成和发展初期就有着很大的不同。在大海面前，"团结""狡诈""计谋""制度安排""平等"，这些词汇的意义都被放大了。按照可能的逻辑推演：海洋文明有利于出现民主政治。海洋文明更务实，更在意法治的作用，人们普遍更尊重科学，尤其是自然科学。期货买卖、吃饭"AA 制"也是在海洋文明的思维方式下催生的。因此早期的海洋文明，相对于早期的大陆文明，出现更加爆发式的成长。古典希腊时代科技昌明，艺术繁荣，全民崇尚哲学、科学。于是，作为欧洲文明乃至西方文明的"beginner"，希腊，注定会成为"奇点"那样的源头，群星璀璨！

　　当看到神一般存在的苏格拉底、柏拉图、亚里士多德等人的雕像比比皆是，名字被反复刻在石头上，我不禁感叹"you are the beginner"；毕达哥拉斯、阿基米德、欧几里得的研究成果几乎覆盖了

扬帆爱琴海

大学以下的整个古典数学，当"α、β、γ、δ、Ω、φ"这些曾经让学生时代的我们头疼不已的数学符号，出现在街头的路牌和菜单里的时候，我不禁感叹"you are the beginner"；当"爱""忠诚""英雄主义""家庭""仇恨"……这些永恒主题在《荷马史诗》里都能读到的时候，我不禁感叹"you are the beginner"；作为"80后"的我，看到"星矢"获得青铜圣衣时的竞技场就在眼前的时候，我不禁感叹"you are the beginner"；当我面对只剩几根柱子的帕特农神庙，仍可以感到建筑巅峰时的气魄，当我想到梵蒂冈大教堂、大英博物馆、白宫，甚至连我们县城里洗浴中心门口的柱子造型都来源于此的时候，我不禁感

⬆ 埃金娜岛上的神庙

叹"you are the beginner"；作为曾经的田径运动员，当我踏上第一届现代奥运会的场地的一瞬间"全身过电"的时候，我不禁感叹"you are the beginner"……

航海，是我觉得亲近和理解希腊文明的最好方式，而自己开船的体验无疑是一场高潮迭起的旅行。高潮之后，女人通常会温存，男人通常会思考。欧洲我去过多次，世界上最著名的那几个博物馆我也看过大半，但是这次西方文化的溯源之旅仍感觉大不一样，最大的不同就是随处都能感受到的浓浓的底蕴。无论在博物馆内还是在街上，都能闻到"开端"的味道。英国人、法国人能搬走希腊的雕塑甚至整栋建筑，但是搬不走

⚜ 希腊立柱

⚜ 奥运会曾在这里举办

底蕴，这一点与我们曾经饱受欺凌的祖国如出一辙。

当下，希腊作为"金猪四国"之一，在西欧经济垫底。但是，正如 GDP 有时候并不能说明什么一样，"欧盟 GDP 平均数的67%"这个数据，对于希腊也说明不了什么。从希腊人生活或者享受生活的细节里，你还是能看到那浓浓的"beginner"气质，他们男人个个英俊如"宙斯""阿波罗"，女人个个美丽如"雅典娜""维纳斯"。

噢，对了，谁让那些雕塑都是希腊人照着镜子捣鼓的……

等我们老了一起看海可好？

⊗ 埃金娜岛的夜晚

"波塞冬"令我汗毛竖立

希腊考古博物馆里有几件镇馆的艺术品，雅典娜大理石像、阿伽门农黄金面具等确实让人赞叹。但是这个 3000 年前的波塞冬铜像却让我毛骨悚然。毛骨悚然的原因可能很个人化，但是也细思恐极，请听我分解。

这个波塞冬像展现的是他徒手投掷三叉戟的瞬间，只是雕塑里并没有三叉戟。作为曾经的标枪国家一级运动员，我自然更细致地观察了他

⚑ 希腊考古博物馆里的波塞冬铜像

的投掷动作，这一观察不要紧，我竟然发现了一个惊人的细节。他持器械的手，食指是伸开的，这样的持握方法意味着器械最终是从中指离开。这在现代标枪训练中有个专业术语叫"中指离手法"。由于中指比食指长大约 1 厘米，所以加速力半径更大，离手器械速度也更大，换句话说就是可以投掷得更远或者更有威力。然而令我毛骨悚然的是在我从事标枪训练的 1997 年，这项技术才刚刚在世界范围内普及，原因是 1996 年亚特

兰大奥运会的田径赛事，捷克运动员泽莱兹尼使用这样的技术打破世界纪录并夺冠。然而 3000 年前的雕塑却清晰地展现了这个技术细节……我猜想，这个雕塑虽然雕刻的是神，但古希腊的雕塑家很可能以那个时代投掷标枪的战士或者运动员为模特。这说明，这项技术在那个时代的古希腊已经被广泛使用了！这不是一个严谨的考据，只是一个前标枪运动员的偶然观察。在这里我更多想表达的是，旅行感受真的很个人化，也真的要用心感受才能体会属于你的美妙巅峰时刻。那一刻我与几千年前的古人会心一笑；那一刻我看的已经绝不再是一件冰冷的展品；那一刻我在想，莫非泽莱兹尼的教练曾经来过……

奥德赛？奥德赛

　　奥德赛这个名字我想大多数人都不陌生，奶爸们可能首先想到的是一款本田的 MPV 车型，这款车以设计合理的大空间、低油耗、可以轻松承载一家老小而备受顾家男士的青睐，比如我。文艺青年一听到奥德赛可能知道他是希腊神话中的一个战神，也是著名的《荷马史诗》描写的主角，再比如我。

　　其实这就是我来到一个叫帕克索斯的小岛之前对"奥德赛"这三个字的所有认知了。我一直疑惑，似乎本田公司没啥文化，不然怎么给一部顾家男士车取了个战神的名字，两者似乎不太搭，奥德赛可能跟肌肉车、越野车之类的调性更加相符一些。这个疑惑一直存在于我的潜意识里，最终成为一个小小的偏见。但是戏剧性的是，帕克索斯岛除了有几百棵上千年的橄榄树和全世界最早制作橄榄油的历史以外，还是神话里奥德赛的故乡。

　　来到帕克索斯美丽绝伦的港湾锚泊，其实是因为我们高估了自己的航海技术。夕阳西下，我们不得不在海图上寻找计划外靠泊的地方。一个从未做过功课的毫不起眼的小岛进入了我们视野。唐突地驶入繁忙的港湾，一方面水道狭窄和交通繁忙让我们手忙脚乱，另

帕克索斯岛上的古橄榄树

一方面这个港湾的美丽惊艳无比，让我们意外。

享受完这份意外的美好，我开始对这个岛做"研究"，与好几位岛民攀谈得知，这是他们有生以来第一次见到中国人，在这个中国游客占领世界的时代，这让我居然有了一点莫名的优越感。进入一家油坊，主人热情地拿出高脚杯让我们品尝刚榨出的浆汁，这不仅颠覆了我对橄榄油的认知，也感受到这里人的纯朴。当然，在帕克索斯最有价值的"科研成果"还是关于奥德赛。当听说这里是奥德赛的故乡，我才上网搜索了《荷马史诗》里《奥德赛》的故事。原来奥德赛成为战神还真的不是因为打胜仗，《奥德赛》开篇用很小的篇幅讲述了他结束了战争，保全了将士们的性命。然后很大篇幅都在讲述他如何历尽磨难化解天神设下的艰难险阻，用了 10 年时间回家与妻儿团聚。通过这个故事可以看出西方文明与东方文明的某种分道扬镳，西方人似乎更重视"家庭"，东方人更在乎"集体"。《奥德赛》艰难险阻为妻儿，《西游记》八十一难为真经。说到这里，我顿悟，那款顾家男士车为什么用"奥德赛"命名了，说奥德赛是西方文化里第一顾家男士也不为过。尽管这项"科研成果"对于我身在高校评定职称没有任何用处，但是这样的旅行中的收获却可以让我欣喜很久……

❂ 帕克索斯岛上一隅

❂ "奥德赛"的后人们

帕克索斯的港口

底蕴深厚 风韵犹存

——伦敦

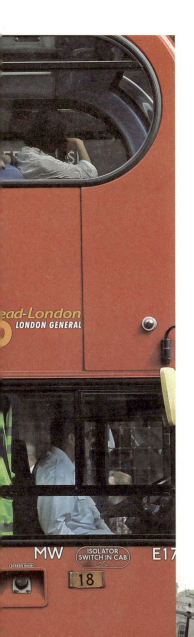

自从苹果砸了牛顿的头，瓦特看到他奶奶的水壶盖被蒸汽顶起，英国便开始引领人类的近现代化。从民主制度到普世价值，再到各种改变人类生活面貌的机器与科技，甚至各种运动项目与娱乐方式都最先出现在伦敦。

在伦敦游走和拍摄，这个曾经的日不落帝国的首都在我眼里真实、立体而丰富起来。大本钟前的泰晤士河上并没有邦德驾着快艇；皇家卫兵也绝不容许"憨豆"式的恶搞；特拉法尔加广场不仅因为台阶上永远坐满了人而出名，更重要的是纪念特拉法尔加海战这场让英国开始建立海上霸权的战争；海德公园里除了有演讲者和游行，还有美女和松鼠；伦敦人确实不会做饭，"Fish&Chips"也名不虚传的难吃，但是阿拉伯菜、印度菜、泰国菜这些英国以前的殖民地的菜系都做得品质上乘……

⚓ 伦敦塔的皇家卫兵

⚓ 海德公园

⚓ 特拉法尔加广场

　　英国学者李约瑟提出著名的"李约瑟难题"：唐宋时期的中国曾经在科技、文化、经济上全面领先全球，然而为什么在人类近代化的过程中却几乎看不到中国的参与？这个沉重的难题并不是我辈俗子可以解答的。但是对于几个"浅显"的英式文化符号，我多少有了点自己的观察。

　　如果您还记得 2008 年北京奥运会闭幕式上的"伦敦 8 分钟"，当时如日中天的贝克汉姆，乘坐着大红色的双层巴士进入鸟巢，向全世界发出了 4 年后的邀请，可见就连英国人自己也把双层巴士看作伦敦最重要的文化符号。1954 年，伦敦开始使用双层巴士，这也是全世界第一次使用双层巴士。时至今日，双层巴士虽然已不是伦敦的专利，但全世界的人们显然已经把它与伦敦做了紧密联系，双层巴士成了伦敦街头最

❀ 大本钟与双层巴士

显眼的文化符号。如果探究双层巴士出现在伦敦的原委，你会发现，
当年伦敦使用双层巴士其实主要是为解决交通运力需求增加，但是
城区道路却无法拓宽的矛盾。英国法律对私权是极为保护的，很难
把归属个人的路边建筑"画圈拆除"，因此，把巴士加高一层只不
过是这个城市在对历史的自豪和对私权的尊重下的合理选择。我相
信也许1954年的伦敦人也想不到双层巴士会成为伦敦的文化标志，
大概是创作者无心，时间和受众有意。

比起我们很多地方一心想打造城市名片而做的一些牵强的创意，
我觉得这种"包浆"式的文化沉淀比"做旧"式的文化生产更值得
认同。

⌃ 黄色马甲、蓝色西装、红色双层巴士

» 摄政街上的双层巴士

☝ 一个穿蓝色西装的上班族站在一扇蓝色门前吃午餐

　　同样有名的还有英式下午茶和英式早餐。比起"上不了台面"的英式正餐，英式早餐，尤其是英式下午茶有名得多。英式早餐其实没什么特别，唯一的特点就是格外丰盛，在英国随意走进一家小店点一份早餐，都会让你有"这怎么吃得完"的体验。下午茶，这种介于午餐和晚餐之间的茶歇文化始于英国，流行于世界。甚至如今，吃点心、喝东西本身已经不太重要，下午茶已经演变成为一种重要的非正式的社交场合。其实，英式早餐和英式下午茶同双层巴士一样生发得很自然。要阐明这个观点，其实得从英国人的作息时间说起。

　　初到伦敦，时差和兴奋促使我早上 7 点就出街游逛，我发现这个时间大街上静悄悄的。8 点多，晨练和遛狗的人才多起来，9 点，上班族们才走出家门。10 点钟上班，下午 1—2 点午餐，6—7 点下班。很多英国男人下班以后会聚到酒吧里喝他们最爱的威士忌，直到晚上 9—10 点钟，味觉麻木的他们才会吃一点炸鱼薯条之类果腹。从午餐过后一直到晚上 9—10 点钟才吃饭的习惯，使得在漫长的下午"垫吧垫吧"成了一种"刚需"，这可能就是下午茶的由来。而早上 10 点才上班的习惯，使得大部分上班族的午餐时间十分紧凑，基本就是喝杯咖啡、吃个三明治之类，其实英国人的午餐更像是我们的早餐，吃得很简单。这样的生活习惯使得早餐成了英国人唯一真正坐下摄取营养的一餐，更像我们的午餐，因此会吃得相对丰盛。

 伦敦街头的早餐店　　　　　　　　　永远排队的网红下午茶

大本钟前的父子

⬆ 伦敦塔

　　由此看来，英式下午茶和英式早餐也只不过是英式作息和生活习惯导致的必然。同样经过时间的洗礼，在"外人"眼中，变成了英式文化的重要组成部分。这些由生活自然演化而成的文化，看似简单，却实实在在滋养着民族气质和性格。文化不是腰花，自然地发酵和贮藏比拼命"爆炒"要更有价值且影响深远得多。所谓"文化搭台，经贸唱戏"的初级阶段过后，我很期待着我们也能回归美好时代，能生长出些真正的文化。

　　网络时代，"万卷书"我们或主动或被动地读着，"万里路"却还是要自己走。你在书里、在网络上看到的可能是一颗神秘的舍利，但只有实地去看那斑驳的寺院，去和那高僧的徒儿们坐而论道，去感受那高僧是如何年复一年地修为，唯有这样，你才能对或是"舍利"或是"结石"的"那一颗"得出自己的见解。

　　伦敦——底蕴深厚、风韵犹存。

⬆ 牛津某学院

"牛津"是个地名，也是一所世界著名大学的名字。"津"，渡口也。"牛津"，一个叫"牛"的渡口？渡口真的没看到，但是河还是有的，在这座充满文化气息的小镇上确实有条美丽的河穿城而过。英国另一所名校叫作"剑桥"，有桥想必有河。于是这两所靠河的学校展开了那项举世瞩目的近200年的"多人划艇对抗赛"。

⬆ 牛津某学院

⚠ 牛津某讲堂

　　这栋建筑里正在进行一场听起来十分激烈的演讲，在门口窥探内部，全木质结构的讲堂坐得满满当当。听众的座椅高度逐排大幅度递增，这种设计与英国议会的开会场所十分类似。在这样中间低、三面高的环境里，政治权力持有者和学术权威们需要像在庙堂里仰望众佛像那样仰望着听众，而听众们会居高临下地向权威们发问和质疑。只可惜那一天的讲座不对公众开放，甚至拍张照片也不行。围绕这座"报告厅"行走，窗口飘出些标准伦敦音的演讲的同时也有毫不礼貌的驳斥声和唏嘘声，哪怕只听得懂语气助词，也让人短暂地感觉到，原来学术可以如此神圣和有仪式感的同时又如此"放肆"。

　　下图是牛津大学里号称史上最悠久的图书馆，是不是"之一"我没详细查询。这栋建筑里收藏着众多"瑰宝"，并且很多是仍然可以查阅

☆ 牛津图书馆

和外借的。远远地看到持有证件的学生在感应器上刷卡，那扇漂亮的木门被精密的电动装置缓缓打开再缓缓关闭，仿佛吐纳着真理和知识，而且这里吐纳修炼的不是"九阳真经"，而是英国乃至人类的未来。

>> 据说这座两栋建筑之间的连廊叫作"叹息桥"，我想这座叹息桥也许和威尼斯那座有异曲同工的地方吧，一个是等待法官的宣判，一个是等待老师的宣判。

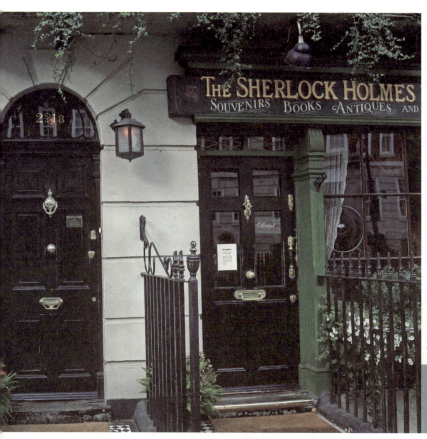

⊙ 贝克街 221B

ONE PICTURE
ONE WORLD 一图一世界
贝克街的亡魂

　　《贝克街的亡魂》是日本著名动漫《名侦探柯南》的一部剧场版长片的名字，当我从伦敦贝克街 221B——福尔摩斯博物馆走出来，第一时间就想到了这个词。

　　英国人有古板正统的一面，但英国人那种含蓄而符合逻辑的幽默感有时候十分可爱。众所周知，福尔摩斯作为虚构的人物从未真正存在过，但是在英国乃至全世界福尔摩斯迷的心里，他是那样真切地活着。作为小说里福尔摩斯的住处，贝克街 221B 现在正是福尔摩斯博物馆的所在地。

　　据说贝克街是一直有的，但是"221B"这个门牌却不曾真实存在过。

英国的邮编是三位字母加三位数字，可直接对应到某栋建筑，并且这个邮编不会轻易改变。在英国，很多合同性文件一定会让你认真填写邮编，因为在他们这里，邮编一定程度上代表一个地址的真实性，进而连接了个人信用。包括在英国使用导航时，只要知道邮编就省去了复杂的设置和辨认，一步直达。也正因为如此，伦敦为了设立这座福尔摩斯纪念馆需要增加"221B"的门牌，这意味着四邻八舍要配合更改他们几百年不曾变更过的门牌号和邮编。前文提到过英国人对私权的尊重，并且在他们的价值观里，更崇尚"每个人的意志都要得到尊重"，而不是我们从小就经常听到的"少数服从多数"。政府为此进行了旷日持久的听证会。

🔺 福尔摩斯的客厅

最终得益于英国人对福尔摩斯的热爱和贝克街街坊们的慷慨，"221B"正式在贝克街落户了。令我倍感温暖的是，在这扇黑漆漆的门上，居然赫然钉着一块代表"名人故居"的铁牌。要知道为一个从未存在过的艺术形象颁发名人故居也不是所有国家和政府可以做得出来的。

为增加一个门牌号，英国人表现得十分严谨，但给一个虚构人物的博物馆以"名人故居"的殊荣，又是这么的"随意"。我想这恰恰代表着英国人性格的两方面——对历史和私权尊重的那份古板和那一点点温情的幽默。

⬆ 艾比路世界最著名的斑马线

请原谅我又一次提到奥运会，这次要提到的是 2012 年伦敦奥运会，开幕式上，当保罗再次唱起《Hey Jude》，全场乃至全世界观众都泪流满面。我记得当时我是站着、哭着听完这首歌的，脑子里满是甲壳虫乐队的种种画面，甚至想起列侬与洋子……

可能每个人都会偏爱伴随自己成长的音乐。所以，一直以来我都觉得，20 世纪 80 年代到 90 年代初期是一个大师辈出的时代，就流行乐而言，即使用"黄金时代"这样的词汇来形容都显得那么干瘪。包括甲壳虫到杰克逊等一众大师所在的时代真的不是现在的小时代可以比肩的。后来，听到某先贤也有 80 年代是个"大师年代"的认知，才让我更加确认，好像那一代人确实不一样。在那个时代，这些大师的流行乐已经远远超

ONE PICTURE
ONE WORLD 一图一世界
朝圣艾比路

◈ 图片来自甲壳虫乐队的 CD 封面

出了现在流行乐的范畴，在那个时候，流行乐是可以与文学甚至哲学比
肩的，对一代人的洗礼甚至远超过严肃文学。

　　艾比路，甲壳虫乐队录音棚的所在地，据说直到现在还有音乐人热
衷去那里录音。更出名的其实是甲壳虫乐队那张著名的 CD 封面就拍摄
于录音棚前面的斑马线上。这张照片不仅仅是一张专辑封面，在无数文
艺青年心里，它就是那个时代的封面。因为要赶飞机，我在离开伦敦的
当天清晨 6 点来到这处著名的斑马线，即便是在清晨，每过几分钟都能
看到和我一样的朝圣者来来回回在这里"过马路"。对于在这个路口"不
守规矩"、站在路中间拍照的人，驾车者也都能给以足够的耐心。这一刻，
我快要流泪了……

⬆ 大英博物馆里"夸张"的展品

ONE PICTURE
ONE WORLD 一图一世界
大英博物馆、泰特美术馆

　　大英博物馆作为世界上最赫赫有名的博物馆之一，几乎是每个到伦敦的人必去参观的地方。这里收藏了全世界各个时期各种文明的文物。全世界这种级别的博物馆我基本都已走遍，尽管各有各的精彩，但是像大英博物馆这样展出文明之多样化和展品级别之高还是少有的。这"得益"于曾经"日不落"的辉煌，尽管其中一部分展品来到这里的过程伴随着恃强凌弱的黑历史……这座神庙被"完整"地从希腊搬来，"顶头顶脑"地放进展厅。显然，大英博物馆设计的时候可能也没想到会展出整栋建筑。

⊗ 中国展厅的粉彩桃瓶

我在来中国展厅之前把整个展厅想象得很大，到了才发现这里比想象的小很多，甚至不及枫丹白露宫里展出中国文物的展厅大。我在这个粉彩桃瓶前面待了很久，它让我觉得，我们这个民族曾经并不缺乏工匠精神。

⊗ 2000 年前埃及艳后戴过的黄金披肩

⊗ 大英博物馆

MATISSE

泰特美术馆作为伦敦著名的现代美术馆，可能很多年轻朋友知道它是因为电影《碟中谍6》。我关注到这座美术馆是因为艾先生的装置艺术展。我还是很推荐文艺青年们去泰特美术馆和巴黎的蓬皮杜艺术中心这类现代艺术馆看看。有时候看现代艺术无所谓是否看懂，而是去感受现代艺术的语境和体例，这些会对你日后的艺术创作或者欣赏有益。

伦敦泰特美术馆

ONE PICTURE
ONE WORLD 一图一世界
百货的祖宗——哈罗德

哈罗德百货

❯ 哈罗德百货的某运动品牌专柜

在这个奢侈品横行的时代，尤其奢侈品店里中国人"横行"的时代，难得在哈罗德百货得到一丝清静，有机会把一个商场当作文化去欣赏。在这里也有一些"司空见惯"的品牌，可是镜框里的这些可不是哪家店都有的。

伦敦著名的哈罗德百货，现代商场的开山者，第一次包罗万象地销售"百货"。在那个以街头店铺专卖为主的时代，很多人不能想象一家巨型店铺里可以买到你想要的所有东西，甚至有人嘲讽这根本不可能。哈罗德提出的宣传口号就是"在这里没有什么是你买不到的"。据说还有人刁难要买女王的一缕头发，哈罗德为此真的求助了女王。女王最终给了哈罗德一缕头发以支持这个真诚的商人的商业梦想。这个案例顿时轰动了伦敦，也轰动了世界。

野性的苏格兰与
"英国式的炫耀"

苏格兰男人穿裙子吹风笛；苏格兰湖里有水怪；苏格兰山清水秀、人杰地灵……我相信一方水土一方人，我相信地理决定论，我相信相由心生。当你看到苏格兰的山，你就看到苏格兰人勇敢的心；当你看到苏格兰的湖，你就看到苏格兰渔民的善良与纯朴；当你看到爱丁堡那些"熏黑大灯"版的城堡和建筑，你就知道《哈利·波特》必须在这里被写出来……

去苏格兰的文艺理由

很多文艺男青年认识苏格兰可能是从《勇敢的心》开始的，而不少文艺女青年则是从喜欢一只叫作"肖恩"的羊开始喜欢苏格兰的。我和我太太恰好分属这两种人。于是去苏格兰看看显得这么顺理成章。

⌃ 一个苏格兰人的家

☉ 苏格兰北部的一片湿地

　　除了"肖恩"和"梅尔·吉布森"吸引我，来苏格兰更直接的原因应该是这里美妙的公路。英国人几乎丢失了自己所有的经典汽车品牌，就连女王在白金汉宫院里开着玩的捷豹也被大英帝国昔日殖民地买走。但这并不妨碍英国人仰仗着深厚的汽车文化土壤和最擅长的酸溜溜地讽刺和挖苦一切的特点，做出世界上最好的汽车节目。在我们跳广场舞、看《非诚勿扰》的时候，英国流行的是 BBC 的《TOP GEAR》这档世界上最好的汽车节目。对于我这个彻头彻尾的车迷来说，节目里经常出现的苏格兰山路早就在我心里"种下了草"。

英国人的后花园

　　苏格兰在英国习惯被叫作"高地"，虽然不知道是谁翻译的，但是谢天谢地没有翻译成"高原"或者"山区"之类。"高地"我觉得十分贴切。在地理上，苏格兰的山和湖基本是由于古代冰川流动形成的，湖多为"U"形狭长湖，那个著名的"水怪旅游营销案例"下成名的尼斯湖便是代表。

山自然也是"U"形切削山，这种自然的"U"形山坡线条十分优美，宛若人工水坝的曲线那般像是经过工程设计的结果。这样独特的地貌真的不同于我们熟悉的"高原""山区"之类，因此叫作"高地"让我觉得更能贴合这里的样貌。山坡上基本被绿色的矮草、灌木和疏密有致的树木覆盖。尤其是这些树总在"画面需要"的地方出现，而那些黑脸的峭壁羊有着极高的"艺术修养"，它们常常以合适的 pose 甚至是表情

⊗ 天空岛的美丽公路

点缀在"黄金分割点"上。对于一个习惯用取景框看世界的人来说，它们真是太善解人意了。

　　湖的美丽在于有美丽的湖边，就如同一面精致的镜子的美其实在于有美丽的边框。苏格兰的湖本身狭长多弯，有的地方甚至湖、海、山都融在一起，形成犬牙交错之势。尼斯湖由于怪兽的营销而闻名，我以飞快的速度驱车转了大半个尼斯湖，说真的，就景致而言，尼斯湖在苏格

兰众多湖泊里并不算动人，真正沁人心脾的是莱蒙湖这类小巧而精致的湖和湖边。莱蒙湖边有成片的大树，树干完全被青苔包裹，在阴雨天，这样的绿色极具感染力，据说只有极其干净和湿润的天气才能有这样的呈现。走过莱蒙湖，让我明白为什么开发商们爱给楼盘使用这个美好的名字，尽管那些"莱蒙湖"可能是由土石未回填的坑造出来的。在相对远离湖泊的丛山中，又有一些山石奇峰"格格不入"地戳入这协调的画面，使得眼前的景致像是"光影帝国"（好莱坞著名环境CG公司）的杰作一样，也正是这样独特的局部地貌和英国有前瞻性的退税政策，使得《遗落战境》《普罗米修斯》之类的好莱坞科幻大作都曾在这里取景。

苏格兰典型的"U"形山谷

⊗ 黏土动画中"肖恩"的原型——苏格兰黑脸山羊

⚠ 另一个苏格兰人的家

一种民族观的样板

　　说到电影，那部在苏格兰拍摄的描述苏格兰人和英格兰人打了700多年的《勇敢的心》确实是好莱坞的盛世经典。这部电影上映的时候我还是个孩子，那时候看这部电影一直不理解，苏格兰人和英格兰人都是英国人，这场战争为什么在电影里如此呈现。对于一个在崇尚"大一统"思想的国度成长的孩童，无法参透那片土地上的人对国家、民族、民主、斗争的理解，他们的观念与我们有很大不同。如今，孩童已然而立，万卷书和万里路使得这些疑惑有了些解答。在英格兰和苏格兰游走和观看，正值苏格兰公投脱英的三天前，在苏格兰很大的收获还不在于美丽的自然，而在于更清晰地明白为什么世界杯上我们见到的是英格兰队，而不

是英国队，才更理解英国国旗是如何象征这个国家的价值观的，才会理解每个非民粹主义的理性英国人都知道结果是苏格兰会留在英国，而苏格兰为什么还非要公投。即便几年后的今天，英国人似乎玩过了头，还是以公投的方式脱离了欧洲。

这些观察让我感觉，这些公投对内更像是一种每隔一段时间就要搞一次的民主制度与民族观教育，或者叫英式爱国主义教育，对外则是赤裸裸的制度自信的炫耀，仿佛在做给世界看："我们才是现代民主的基石。"国家观和民族观自然各个文化背景的国家各不相同，也没有对错是非之分。但在英国尤其在苏格兰能更深切感受到的这一种却是一个典型的"样板"。

民宿在英式英语中被称作"B&B"，即"Bed & Breakfast"，直译就是"床和早餐"。事实上，世界上最早的民宿就出现在英国。一战后，英国年轻人锐减，很多失去年轻孩子的家庭，就开始把家里多余的房间拿出来给素不相识的人短住。英式的传统民宿更像是一些慈父、慈母给旅行的孩子们提供一张睡觉的床和早饭。他们或不收费或象征性收费，提供的吃住价值远远高于所收的费用。总之，英式的民宿，始于疗愈，温馨自然。

时至今日，从 Airbnb 可以预定的全球民宿到我们国内披着民宿外衣的酒店或者农家乐让我们应接不暇。我不反对用民宿的形式营利，**但民宿的本意不是把酒店房间从高楼搬进零散的房子，也不是给"唯利是图"的房东一个外壳。民宿应该是有一个有酒有故事的房主，以温和的契约与来自世界各地的人交流和聚会。**

⚲ 一家民宿

这家民宿是我在苏格兰住过的，房主是一位健谈的老太太。由于连日下雨，门前的路被水阻断了，房主担心我不知道怎么将车开下去，就在大雨中按照我邮件里的预计到达时间等待我，而我当天比预计时间晚了 2 个小时才到达。尽管住店到达时间不能算是一个严谨约定，但是看到一位年过半百的老人在雨中等候已久，还是不免有些自责。然而她等到我时并无情绪，而是愉快地招呼我停好车，发给我们捞鱼服装和工具。原来连日下雨尽管会使车停得较远，但是也带来一个福利，就是在她家门前的浅滩上会有很多收获。那一晚我们与来自美国和以色列的两对情侣分享了她家的三个客房，分享了她烹饪的鲜美无比的自获蛤蜊，也分享了她的喜怒哀乐……

⊗ ➤ 另一家民宿

ONE PICTURE
ONE WORLD 一图一世界

五英镑的饕餮大餐

　　这是我住过的另一家民宿，在苏格兰，这家算是客房众多、经营气息比较浓厚的了，但是面对着海景露台，性价比还是很高。房子后面就是一座伸向海里的栈桥，走到栈桥上散步和拍照，意外地碰到一叶小船靠来。船上有几条大大小小的鱼，看起来应该是刚刚捕获的。两个渔夫一边抽烟一边开始"收拾"这些鱼们。有一条鱼很眼熟，恰似超市里见过的三文鱼，等渔夫切开皮肉，我的眼睛和唾液腺同时肯定了我的猜测。我问渔夫是否可以买点。渔夫也有些意外，看起来这里显然是个熟客市场。质朴的渔夫从鱼肚子上切下不小的一块放在报纸上递给我，我问多少钱，渔夫耸耸肩伸出一个巴掌。就这样 5 英镑半卖半送了足足 2 千克的新鲜三文鱼。要知道，在英国，再好的鱼也是会被裹上厚厚的面糊做成炸鱼，真的不怪世界人民调侃英国人不会做饭。所以这一块鲜美的鱼肉可决不能被辜负。于是我从车库里把车取出来，驾车 20 英里到比较大的镇上购买了酱油、wasabi，当然红酒和蜡烛也不可少。于是一顿美妙的海景烛光日式晚餐得以完成……

宝马公司退休老头的环球之旅

苏格兰自然是自驾圣地。A82 公路无论如何也应该位列什么"十大自驾公路"之类的。美自然是很美，加上苏格兰独有的忧郁，让我在这条公路上行驶时更有一些相遇的期许。这就有了跟画面里"老爷爷"的相遇。话说来苏格兰开车也是我第一次右舵左行，自然开得比较小心，再加上景色太美，车速不自觉地放慢。这显然不是当地人的通勤速度，所以每每遇到后车，我都会第一时间示意其超车。行进间后视镜里驶来一辆漂亮的房车，我照例打灯让行，但是后车并不超车，而是一路跟随。来到一处美丽的营地，我晚餐，他扎营。礼貌性的问候以后，我发现这辆车悬挂德国车牌，左舵，显然是从欧洲大陆开过来的，我瞬间明白了他不超车是遵守左舵车靠左行驶的基本安全准则。这里岔开去说几句，在欧洲，酒驾的标准是比国内宽松很多的，人们喝一升啤酒或一杯红酒后开车是合法的。这样放宽的标准来自多年养成的自觉。人们开车越自觉，交通法规就可以越宽松，这形成一种良性循环，使得制度在保障交通安全的基础上也一定程度上保障了驾驶乐趣。

回来继续聊聊和大爷的相遇。我在便利店买了些吃食准备晚餐，大爷和大妈则支开"摊儿"大张旗鼓地做饭。顺理成章的，我们收到了邀请，于是我多买了些啤酒与大爷攀谈起来。说话间，大爷用一个很酷的电动装置从车尾放下一辆我梦寐以求的宝马旅行摩托，更令我吃惊的是这位大爷退休前就在这款车的生产线上工作了大半辈子。话匣子一下子打开了，我十分兴奋，问这问那……原来，大爷退休后，用房车携带着自己引以为傲的产品与大妈开启了环球旅行。使用房车进行大段交通，每到一地小住几日，再使用摩托四处巡游。苏格兰是他们整个欧洲的最后一站。大爷跟我说下一站可能会选择去中国。但是当他从我这里听说，国内的房车营地还有待完善，尤其是很多城市、高速路的执法者可能会限制摩托车的时候，他眼睛瞪得很大，胡子都翘起来。从这个表情可以看出，一个一生深爱着机械和速度的日耳曼人，很难想象在世界上居然有不欢迎摩托车的地方……

一个宝马生产线上的工人退休后骑着他自己制造的产品环球旅行

"艺术的后院"——爱丁堡

爱丁堡是苏格兰首都，对，您没看错，是首都。爱丁堡有苏格兰国家议会、国家美术馆、国家博物馆等一众"国"字头的机构，还有一手拿着威士忌酒瓶，一手拿着苏格兰旗帜的红脸老头每天高喊着苏格兰独立……但这一切并不妨碍他们和英格兰人一起继续编织大不列颠的文明……

爱丁堡是一座美呆了的城市，它几乎能满足所有人对于一个最美丽的欧洲大城市的遐想。不同于布拉格艳丽的红房顶，爱丁堡灰黑色的英式建筑和高耸的哥特式塔顶，让人有更强烈的"正统感"。第一眼看到这座城市，我就感慨，《哈利·波特》必须在这里被写出来。

欧洲有很多古老的城市给人的感觉是城市残存在历史中，而爱丁堡给人的感觉则是历史残存在城市里。到这里，不像在罗马你会很在意每栋建筑的历史故事和细节，而是会把更多精力放在欣赏这座城市本身以及感受这座城市极具戏剧性和魔幻色彩的氛围。

每年8月，爱丁堡边缘艺术节（Edinburgh Fringe）如期而至。我真的不知道这个"边缘"是否翻译准确或者是否能准确对应含义。就我的感受而言，我没获得什么边缘的感觉，而像是一场自由的、前卫的、

⬆ 爱丁堡中央大街

⊗ 卡尔顿山上俯瞰爱丁堡

⊗⊗⊗ 爱丁堡边缘艺术节

没有门槛的、尽情欢乐的聚会。这里没有什么官方活动，没有蹩脚的艺术评论人。即便是知名的导演和艺人公司来这里"物色新人"都要"偷偷摸摸"的。这个艺术节不评奖，不走红毯，也不搞什么研讨会，在我们国内也很少有报道。因此这里不是那些希望去"金色大厅"镀一层金抑或是指望在某某艺术节搞个"镀金展"之类的人适合光顾的地方，而是真的热爱艺术的年轻人的天下。

　　爱丁堡边缘艺术节的缘起说来偶然。据说 1947 年夏天，在爱丁堡中央大街上有 8 个民间艺术团体不请自来，撂地演出。自此，每年 8 月，有越来越多的艺术家来这里表演。到现在，这座 50 万人口的城市每到 8 月会涌进 500 万人。爱丁堡有百余个固定演出场所，市民人均占有率已然不低，然而到了 8 月，一切能搭台和演出的地方都被利用起来，路

⬆ 边缘艺术节

边缘艺术节上的表演者

边，草地上，甚至是树上都可以。各种门类的、甚至说不出门类的艺术在这里无所顾忌、毫无保留地怒放。不管是路边挣几个硬币的杂耍艺人，还是剧院里按照自己内心表演的艺术家，在这个时间和空间里隐去了一切社会符号差别，不同的只是各种张扬的个性，相同的则是那珍贵的"灵魂感"，仿佛每个人都把那个热爱艺术的灵魂从身体里揪出来抛向空中，让它们飞舞交融。只要融入其间，你会瞬间唤醒内心深处的那一点点本能的表现冲动。我觉得如果说艺术细胞或者说艺术的基因是由少数人变异而来的，那么爱丁堡艺术节就像一个严重泄漏的艺术核设施，想变异出艺术基因，那就让下一代的人快来这里接受辐射吧！

⊙ 树上吹口琴的少年

孤独的表演者——树上的少年

爱丁堡艺术节是一个气场特殊的艺术节，自由、灵动。这里有很多孤独的表演者。

走过王子广场的一棵大树，听到悦耳的口琴声，我第一反应以为是像我们这里很多公园一样在草坪里、树上安装了音箱，而且音箱的保真度很高。听了两个小节，琴声停了，并且开始重复刚才的片段，我这才抬头。一个少年竟然坐在十几米高的大树的树杈上演奏。他表情投入，旁若无人。于是我也静静地欣赏来自一棵树上的演奏，技巧华丽，感情投入。几分钟过去，树上的孩子才看到我，有些意外的他甚至险些掉下来。从他的笑容里我感觉得到，少年十分腼腆。我们攀谈了几句。他来自苏格兰乡下，吹口琴好几年了，很想来艺术节上表演，但是生性腼腆的他却又不好意思在大街上表演，这棵大树便成了他的舞台。

孤独的表演者——忧郁的诗人

一个塞尔维亚诗人坐在草地上，

他说他的诗歌有关感伤。

他每天清晨站在城市中央吟唱，

其实诗就写在他忧郁的眼神和俊朗的面庞。

有人说诗和远方，远方就是远方，

有些美景引人向往，

有些文化壁垒固若金汤，

有些美人也许短暂睡在你身旁。

一个人去过远方，内心自然长诗万千行，

诗，或美好或悲伤，

诗，就是你的内心，弱小？强大？快乐？忧伤……

⬆ 坐在草地上的塞尔维亚诗人

ONE PICTURE
ONE WORLD 一图一世界
孤独的表演者——哈利·波特的女巫

⬆ 《哈利·波特》的女巫

　　街头作秀，赚取游人的一声笑，赚取几个铜板。但是她无声的表演在热闹的大街上几乎无法引起人们的注意。我上前扔了铜板，拍了照片，也许她把我当成了记者，竟向我抱怨起边缘艺术节。原来她就是本地人，自从《哈利·波特》火了后，几年来她都在中央大街上扮女巫。但每到边缘艺术节的那几周，街上各种艺人让人应接不暇，这使得她这位"固定艺人"的收入大幅减少。聊天之间，感觉她有点絮叨，也感觉到她确实以此为业养活自己。看着街对面来自世界各地的年轻人，用各种"奇技淫巧"和"奇思妙想"挥洒青春，尽情欢笑，这位扮女巫的表演者略显孤独与落寞。

午夜梦巴黎

闪亮的塔

中国人总爱梦回唐朝，因为那个远去的时代成了这个民族兴盛和发达的最强记忆。对于许多西方世界的人来说，我想 20 世纪 20 年代的巴黎会让他们魂牵梦萦……

巴黎兴盛之时，正是欧洲文化的一次高峰。同时，巴黎也成了除法国以外其他欧洲国家的民族主义者挥之不去的阴影。曾几何时，整个欧洲宫廷和上流社会都以法语交流为荣，贵妇们更得紧跟巴黎的时尚步伐。曾几何时，格特鲁特·斯坦因、海明威、毕加索、达利、曼·雷都要在巴黎出入沙龙、坐定塞纳河左岸的咖啡馆，才能进入那个伟大时代的大师序列。徐悲鸿、金岳霖、朱光潜、胡适、刘海粟等一众民国大师也是去巴黎转几圈，学会几句法语才好意思做客林徽因的"太太客厅"。

提到一战后的那个巴黎，现今的大师、大雅们无不赞叹那个引领世界哲学、文化、艺术的"美好时代"。

⊗ 不可一世的高卢人

» 国旗色的老雪铁龙
⊗ 街头的莎士比亚书店
♪ 三个女学生坐在蓬皮
　 社艺术中心广场上

美国大导演伍迪·艾伦的《午夜巴黎》用一个清晰的梦境诠释了一个美国知识分子对于那个"美好时代"的恋恋不舍。

巴黎人端着，"老巴黎"跟"老北京"有点像。他们都见惯了兴衰荣辱，"眼见他起高楼，眼见他宴宾客，眼见他楼塌了"。他们都有种"哥们吃过见过"的心态。到了今天，这样的性格内化成气质，就像坐上北京任何一辆出租车，的哥都能跟你聊聊昨儿个"海里"发生了什么；而在巴黎街头，你看到一个个小个子深眼窝的男人，一个个皮肤黄黑、皱纹满面的妇人，看似穿着随意，却永远不失格调，永远端着。用他们自己的话形容，就算下楼倒个垃圾，脖子上的 Chanel 也要闪着光！

　　巴黎人高傲，他们像高卢雄鸡那样昂着头颅。他们世世代代滋养在各种思想、文学、艺术大师们分泌的雨露里，这使得巴黎人永远对审美和品味有着本能的不可一世的自信。

　　巴黎人刻薄，在他们看来英语低级而粗俗，即使窗口行业也一副吃了屎的表情勉为其难用英语跟你说两句。艺术馆里赫然立着"温馨提示"："No Japanese maps""No Korean maps""No Chinese maps"……直接告诉你们这些亚洲人，这些领域根本不带你们玩。

　　巴黎人既不像英国人那么古板也不像意大利人那般热情。巴黎男人不像英国男人把自己定义为绅士，而是情圣，他们时刻准备调情，永远眼神深邃。巴黎女人或精致而不雍容，或随意但不邋遢。

　　巴黎人不热衷政治，每次选举都不那么"正儿八经"，但是他们很在乎体制，历史上巴黎人最早把国王砍了头然后每年庆祝。巴黎人也没

蓬皮杜艺术中心里的涂鸦

奥赛美术馆里的"温馨提示"　　　　　　　　　　　　　　⛄ 塞纳河左岸的咖啡馆

有什么出人头地的"法国梦"思想，但是他们却很爱在道义上出头，即使现在巴黎成了恐怖分子频繁攻击的地方，巴黎人除了把垃圾桶都换成了透明的塑料袋以外，仍然昂着那雄鸡般的头。

⛄ 艺术桥上的铁锁和透明垃圾"桶"

站在和雨果同样的位置俯瞰巴黎

ONE PICTURE
ONE WORLD 一图一世界

法兰西的军功章 《马赛曲》的共鸣箱

巴黎的名胜实在太多，铁塔、圣母院、卢浮宫，当然还有凯旋门。凯旋门记录了法兰西的荣光，更用自己的宏伟向千秋万代昭示，曾经有个矮个子强人从这里出发几乎征服了整个世界。如今的法国性格复杂，但是骨子里那种诡异的高傲不仅仅来自他们高卢雄鸡的自我暗示，更多来自拿破仑时代的光辉和法兰西的高峰。当《马赛曲》响起，凯旋门是历史，也是现在。

☝ 凯旋门上的浮雕

 凯旋门

如果凯旋门是对法兰西民族荣光的炫耀，那么圣母院更像是全体法国人内心安宁的寄托。这座有接近 1000 年根基的建筑在 2019 年被大火烧毁了，尤其是那座美丽的木质塔楼是否还会修复成了世人关注的焦点。按照我熟知的欧洲文物观，我猜测它将再也无缘与世人相见了。

和接近 200 年前的维克多·雨果站在同样的角度俯瞰巴黎，我想，看到的景象除了有更多灯光外并无太多差异。在这样的城市，你会不自觉地感慨过去，有《午夜巴黎》那样的唏嘘，也有塞纳河畔的灯红酒绿。我曾经在杂书馆借阅过民国时代的旅行者出版的巴黎行记，模糊的插图里，就连河边旧书摊的铁皮房子都不曾改变。这样的原封不动、原地蜕变像极了法国人的处事风格。

⚎ 巴黎圣母院或许一去不复返的塔楼

卢浮宫与蓬皮杜

⬆ 法国式"广场舞"

　　法国人特别喜欢游行，尤其是夏天，甚至成了游行和罢工的季节。英国人动不动就公投，显示他们的决绝。**相比之下，法国的罢工有时候不那么正经，甚至有了一种"习惯性身体律动聚会"的意思——这像极了我们的广场舞。**

　　这张照片拍摄得很偶然，当这个游行队伍过来的时候，前面有几名警察正在疏导路人以便让队伍通过。警官不断提示路人避让游行队伍，但很意外地到我跟前一指路中央。显然他看到我的装束把我当成了记者，可见这里的执法者捍卫新闻自由的意识。得此难得机会才得以这样的角度拍摄了游行的队伍。拍摄间不知不觉，身边多了几个"正牌"记者。他们用法语互相寒暄，可见彼此熟悉。大家也都冲我这个陌生人点头示意。终于有一个小个子忍不住问我"NHK"？我反应了一会，理解了他把我当成了日本人，"NHK"是日本的一家电视台。显然他们并不多见外国人来采访和拍摄这样的题材。尤其在他们看来这只是一场司空见惯的游行，并无什么特别。我当时灵光一闪，开玩笑地跟他说"CCTV"。老兄也被我逗笑了，他向旁边电线杆上一指，上面挂着一个画着摄像头标志的牌子，上边也写着"CCTV"。"CCTV"恰巧也是监控摄影的缩写。所以各位在欧洲街头经常看到"CCTV"可不要以为都是央视到此一游……

达·芬奇心中的伊甸园
——卢瓦尔河谷

卢瓦尔河谷地区在历史上本有机会取代巴黎成为法国的首都，只可惜达·芬奇死得太早；蒙娜丽莎之所以在卢浮宫里微笑，很可能来自一段伟大的忘年激情……

也许每个孩子心中都有一座城堡。也许因为宫殿太威严，庄园不够浪漫，四合院不够洋气，所以城堡就成了孩子们心中那个代表美好、神秘、浪漫的最佳建筑。

卢瓦尔河谷静静地镶嵌在法国中部，不大的地方分布着两百多座城堡。一路从巴黎开车南下，避开高速路，游走在乡间，收音机里飘来喃喃的法国香颂，惬意无比。

这个地球上确实有几条值得朝圣的路，比如苏格兰的 A82 公路，忧郁、奇特，周围史诗般的景色令人心房颤动，仿佛威廉·华莱士随时会骑着骏马从山上冲下；再比如美国的 66 号公路，一踏上，顿觉自己应该有一口被香烟熏得发黄的牙齿，和一群不认识的男女开着一辆堆满了摇滚乐器和避孕套的"大众 Type2"才配缅怀那一代美国人放荡的自

☉ 卢瓦尔河

⚠ 香波堡

由。而开车在法国中部穿行，公路两边是田野、树林、河流，时不时穿过不知名的小镇和村庄。这些元素每一个都很平常，但是放在一起就好像被法餐大厨烹饪过一样，浓郁和谐；抑或是经过了酿造，产生了令人陶醉的单宁。这种难得的化合感让我乐意一直开下去，不愿意停止……

话说，法国著名的国王弗朗索瓦一世就出生在卢瓦尔河谷。他可能是法国历史上运气最好的国王，年纪轻轻就以第十顺位继承了正在昂扬向上的法兰西的王位。少主受到朝中老臣排挤，这样的戏码古今中外都不新鲜。所以，弗朗索瓦亟须建立功勋以巩固自己的权力。他环顾四周，发现南部的意大利是个最软的柿子，于是挥师南下。拿下了几座城之后，待在意大利的教皇坐不住了，要求意大利国王谈判求和。于是在意大利北部，弗朗索瓦一世与意大利国王有过一次会面，参加这次会面的还有达·芬奇。达·芬奇当时已经名满天下，作陪战败求和想必并不太乐意。

⬣ 香波堡

🔼 路易十五睡过的床

然而事情却出现了戏剧性的反转。年轻的弗朗索瓦是达·芬奇的超级粉丝，瞬间从一个战胜的国王变成了"小迷弟"，而他不俗的艺术见解也让达·芬奇觉得相见恨晚。据记载，两人在这次会面后彻夜长谈。后人说他们是忘年交，也有人说他们是忘年情侣，不管怎样，后来的事实是60多岁的达·芬奇就此移居法国并一直到去世。

"真爱"与否只是传说，但是能使得达·芬奇来到法国的另一个原因想必确凿。弗朗索瓦一心想在他的家乡卢瓦尔地区建立法兰西新首都。邀请达·芬奇这位千载难逢的艺术家、设计大师、工程学家当然顺理成章。对于达·芬奇来说，接受这位志同道合的国王和粉丝的邀请设计一座崭新的城市想必也是有吸引力的。

达·芬奇来到弗朗索瓦一世身边后迅速开始了人类最早的"现代"城市规划。据说，立体交通、温泉水入户、地下马车库都出现在了达·芬奇的手稿里。只可惜没过多久，达·芬奇的生命就走到了尽头。因此这份传说中的手稿至今也只是一个传说。在《达·芬奇之死》这幅画中，达·芬奇是死在弗朗索瓦怀里的。

故事并没有完，后面的内容同样精彩。达·芬奇去世的时候，法国执行着一条奇葩法律，即如果外国人客死法国，其遗产归法国所有，其继承人是不能继承遗产的。所以，达·芬奇去世，弗朗索瓦可以无偿地"依法"得到达·芬奇的遗产。但是，出于爱或者尊重，弗朗索瓦一世在达·芬奇临死前提出授予他法国国籍，并且有明确的文件记载，达·芬奇同意了。这样达·芬奇死后，他的主要遗产，一直随身携带的 13 幅画作按照法理就由他的继承人继承。然后，弗朗索瓦又花重金买下其中的几幅，其中就包括《蒙娜丽莎》。之后《蒙娜丽莎》一直被放在枫丹白露宫，直到法国大革命，国王被砍了头，《蒙娜丽莎》就此入主卢浮。直到现在，意大利的民间组织也没有停止过向法国索要《蒙娜丽莎》，法国人每次都用这句话回绝："达·芬奇也是法国人，《蒙娜丽莎》应该在法国微笑！"新首都没能建成，故事就这样湮没在历史中。但当时达·芬奇的少数设

卢瓦尔河谷的一家城堡酒店

⊗ 白色大理石多塔

计却变成了现实，比如香波堡。这座带有意大利文艺复兴特色的非典型
城堡，堪称集法国城堡之大成。内里有一座著名的双螺旋楼梯被证明确
实是达·芬奇设计的。有人说在那个同性恋无法公开的时代，这两个相
互交织却永远见不到面的楼梯就是达·芬奇和弗朗索瓦一世隐秘的信物。
也有科幻作者想象达·芬奇经过第三类接触掌握了先进的科技，这个楼
梯是他对于染色体双螺旋结构的再现。

⊗ 香波堡内达·芬奇设计的双螺旋楼梯

卢瓦尔没能成为法兰西新首都，但是，自从香波堡、舍农索城堡等矗立在卢瓦尔地区，后来的法国王室和贵族连续几百年在这里修建度假城堡，于是这里成了法国乃至整个欧洲城堡最集中、最精彩的地区，至今仍有 200 多座留存。这些城堡有的开放供游客参观，有的被当代新贵坐拥，有的甚至变成了酒店和民宿。因此卢瓦尔地区可能是欧洲体验城堡主题最好的去处了。两次造访卢瓦尔，入住的城堡酒店都给我留下了很不错的回忆。

在别人追捧小虎队和四大天王的时候，看了更多欧美经典的我，是一个幻想成为骑士的小男孩，梦想有一天披荆斩棘娶到住在城堡里的金发碧眼公主，然后两人过着"没羞没臊"的幸福生活，最后画面里出现一个花体字的"The End"。可现实是残酷的，没有铠甲护身，只有冲锋衣防雨，也没有骑着骏马奔驰，只有每天在城市里郁闷地堵车。这回终于有机会住城堡了，我跟她说，你在窗口等我，我下楼去找找情怀。于是奔下楼去仰望，虽不是金发碧眼却也心跳依然，莫非……是下楼跑得太快……

⌃ 卢瓦尔河谷的另一家城堡酒店

⌃ 女演员出场前 1 秒

ONE PICTURE
ONE WORLD 一图一世界

布鲁瓦的《三个火枪手》

　　布鲁瓦是一座静静的小城，叫它小城是因为它确实比大部分欧洲的
小镇大些。作为卢瓦尔河谷的门户，城边能看到一段很美的卢瓦尔河。
不得不说法国的戏剧传统十分深厚。就在露天，这里上演了一出经典的
戏剧。舞台并不繁复，演员也可以混杂在观众中。我转到舞台后面，一
个女演员从幕布的夹缝里露出俊俏的脸庞，1 秒钟后该她出场，她收回
脸庞，操着浓重的法国腔调，引逗着人们发笑。

❤ 布鲁瓦的露天剧场

❂ 观众

ONE PICTURE
ONE WORLD 一图一世界
神奇的法棍

　　这张照片拍自卢瓦尔河谷小镇昂布瓦斯街头。早上 7 点钟，小城刚刚醒来。一个粗犷的父亲夹着两根法棍，手里牵着挚爱的小女孩。我瞬间惊叹这样"粗枝大叶"的大叔也能生出如此精致的萝莉。莫非是法棍神奇的功效？其实我说法棍神奇，是因为法棍这种法国人乃至欧洲人的基础面食，有着让人欲罢不能的美味。无论在希腊配合清纯的橄榄油和黑脂醋，还是在马赛，将烤焦的表面用蒜瓣摩擦，再抹上发酵过的黑橄榄酱，抑或是在瑞士，直接用它粗暴地舀起一坨长满了蓝毛的芝士，那种美味都是无敌的。更加神奇的是，我从法国带回了黑橄榄酱，从希腊带回了上好的橄榄油和黑脂醋，也从瑞士带回了正宗的芝士。回到家，我就一家一家烘焙店寻找魂牵梦绕的法棍，可找到的只有失望。做一根可以下咽的法棍真的这么难吗？应该说，有的时候我们的"中国胃"里面多少含了一点"故步自封"。这样的心理有时候会阻碍我们真的体会到人家是怎么回事。其实体味西方饮食的美妙真的不必去米其林餐厅，正确地吃一根好吃到流泪的法棍也就足够了吧。

⬆ 昂布瓦斯街头

ONE PICTURE
ONE WORLD 一图一世界
吝啬鬼的厨房

⬆ 舍农索的厨房

卢瓦尔河谷"第二有名"的城堡叫舍农索。这个城堡的故事可能比香波堡的还要香艳。我们不讲花匠和女主人，也不讲路易十五是这里的常客。据说这座城堡的第一任主人是一个典型的守财奴和吝啬鬼。这座城堡整个建造在河道里，两边吊桥一收，谁也别想进来。舍农索鼎盛的时候有 300 个下人，从曾经挂满了各种饕餮美食的铁钩，到"千刀万剐"的肉案，就知道这里曾经上演了一场场灯红酒绿、纸醉金迷。

⬆ 舍农索厨房一角

ONE PICTURE
ONE WORLD 一图一世界
回到童年

　　这家酒店在布鲁瓦到昂布瓦斯之间的一座山上。法国的导航系统准确度不及英国和德国的，于是有了一个小插曲。找这家酒店时我们误入了旁边的民宅，就是下图这户人家的小院子。家里只有一位年过八旬的老奶奶。看到有一辆陌生的车闯入院子，老奶奶箭步出来，并赶紧回手锁紧房门。这一动作在我们的习惯看来应该是奶奶面对陌生人的防范，几秒钟后，我们发现这个思维定式在这样的社会里并不适用，原来奶奶是怕她家巨大的狗跑出来吓到我们。语言不通，给奶奶看了法语的酒店

❀ 童年梦中的房子

⊗ 酒店内景

名称，热情的奶奶执意让我们上车，而她大步流星昂首向前，走了好几百米把我们指引到酒店的门口。

这家酒店实际上是个夫妻店，前台接待我们的穿燕尾服戴领结的大胡子帅哥，十分有型。乘坐木质电梯来到房间，里面的家具陈设不敢说与这个小城堡同龄，但也绝非新物。

安顿好后到院子里坐坐，看见一个超级玛丽打扮的帅哥驾驶着割草机，定睛一看正是刚才的燕尾服帅哥。

晚餐，仍旧是刚才的帅哥为我们上菜。与他攀谈得知，他与妻子经营的这家酒店是从爷爷那里继承来的，爷爷那辈以前三代人都算是法国上流社会的成员。他很爱惜这座建筑，很高兴能用开酒店的方式保留对它的所有权。他负责接待、维修之类，妻子负责做饭。

酒店自带小山一座，在山中小径骑骑复古自行车，十分有情调；远处有人在玩热气球。

离开前，我将拍摄的这组照片送给了店主，并告诉他这些照片比我在订房网站上看到的好得多。店主十分激动，又是拥抱又是感慨，就是想不到给我免个单什么的。回国两周以后，我收到了店主格式严谨的长篇感谢信，信里告诉我，他已经将我拍的照片用在所有的对外展示中……这就是法国人吧。

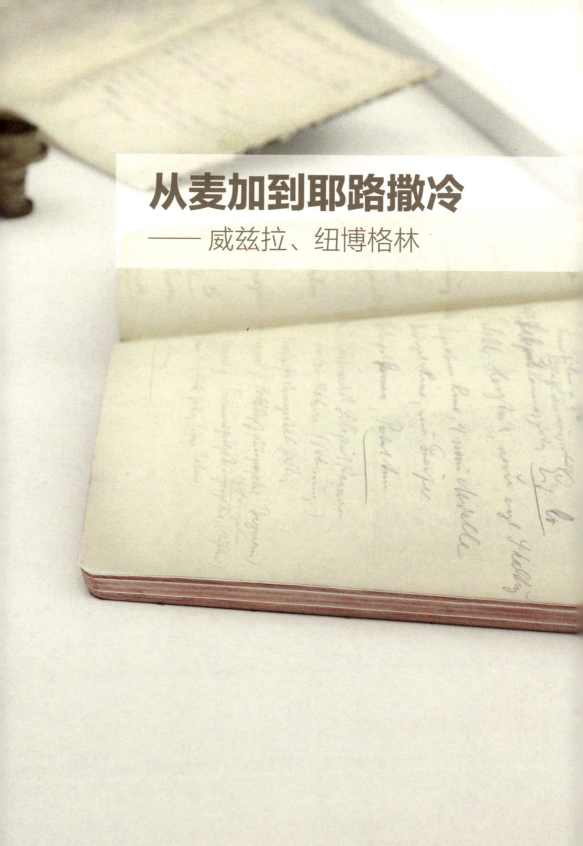

从麦加到耶路撒冷

——威兹拉、纽博格林

　　8月的一个清晨，法兰克福机场人不多，租车公司的柜台也不排队，取到奔驰车，走人。北出城市只需要驱车1小时就来到了威兹拉——徕卡相机的总部。经过几个小时的"长吁短叹"和"热泪盈眶"，当天下午，仰赖德国不限速的高速，我一路200公里时速，很快便到达了全世界车迷的圣地——纽博格林赛道，在这条赛道上我继续"热泪盈眶"，但是坐在旁边那位变成了"呕吐不止"。对于我来说，这一天是我一生中最幸福的日子之一，因为对于一个相机迷和汽车迷来说，这无疑如同信徒一天之内从麦加到了耶路撒冷！

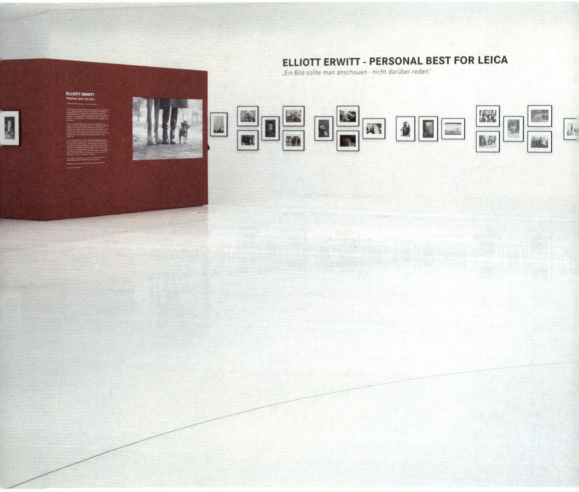

徕卡总部

摄取灵魂的眼睛——LEICA（徕卡）

说起徕卡，从来不乏传奇故事。它建立了现代相机的架构和制式，它第一次把富有描写力的黑白影像、无懈可击的工业设计和近乎完美的工艺质量装进一个盒子里。自它养成的 35mm 胶片的成像习惯一直影响到现在的数字摄影时代。二战时，徕卡是顶级的军用侦察设备，同时也是那个时代里重要的时尚奢侈品。那时的很多珍贵照片都出自徕卡，不仅有摄影师，甚至连盟军的将领们都是徕卡的拥趸。艾森豪威尔甚至专

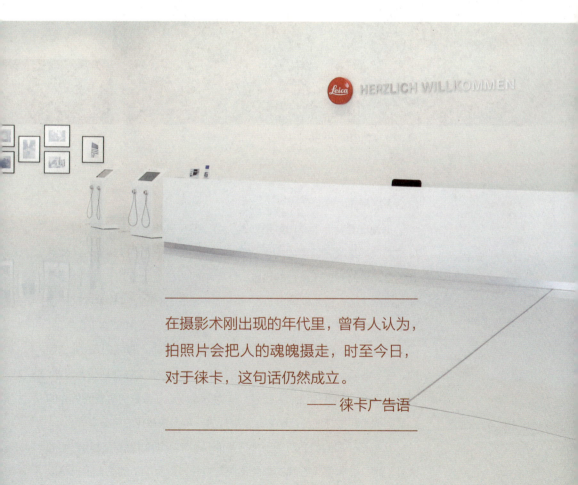

在摄影术刚出现的年代里，曾有人认为，拍照片会把人的魂魄摄走，时至今日，对于徕卡，这句话仍然成立。

—— 徕卡广告语

⊙ 徕卡博物馆展陈的相机

门命令在轰炸中要保全整个威兹拉。

据说在希特勒的"黑科技列表"中，不仅有什么水下呼吸的蛙人、反重力飞船之类，徕卡公司也曾建立零下 60 摄氏度的极端工厂，然后利用金属镜筒和玻璃镜片的热胀冷缩率不同，在超低温下定位，然后逐渐升温至室温，镜片就能以最高的精密度与镜筒结合。这样就实现不使用螺丝之类连接装置的方法来制造超级精密的镜头。这种传言不易考证，但是以徕卡为主建立起的以 35mm 齿孔胶片为基础，镜间快门、非球面镜、多层镀膜、几乎全机械结构的旁轴相机系统却实实在在地成为经典。话说，很多开创者往往沦为过客，作为一家以近乎癫狂的执着而著称的公司，徕卡却很好地从开创者，发展成为一种无法替代的经典。

从战后一直到数码浪潮到来之前的几十年，徕卡相机和使用它们的大师们用一张张摄人心魄的影像记录着世界，以至于仿佛徕卡相机可以作为摄影师是"严肃记录者"的背书。

☝ 徕卡博物馆中展品

　　上午 10 点，徕卡总部的直营店开门了，和我一起排队进入的是几个年迈的德国老头，看得出他们和店员相熟，应该是经常来这里把玩相机的粉丝，但却不见年轻人的身影。进入直营店，在最显眼的位置赫然摆放的是华为手机，这款印着徕卡标志，宣称使用了徕卡技术的手机被放在玻璃罩子里，被四面灯光照射并缓缓旋转，这样的礼遇超出了我的想象。作为一个把徕卡奉为神明的人，说实话，我那一瞬间百感交集。

☝ 徕卡总部的华为广告

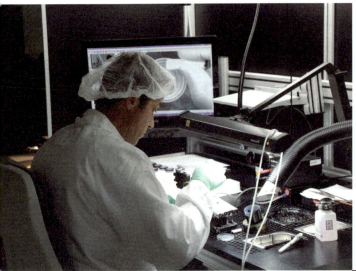

⚠ 徕卡将部分工位也作为展示的一部分

⚠ 黄金徕卡

⚠ 徕卡博物馆内一角

⚌ 徕卡总部的洗手间

尽管早有耳闻华为与徕卡的合作，但作为一个略懂相机技术的摄影爱好者，我一直不认为徕卡所持有的技术对一款手机的成像有多大帮助，因此，我一直认为华为和徕卡的合作中，应该是品牌噱头的意义远大于实际技术。站在徕卡迷的角度我也想当然地认为这桩合作中华为应该是刘备的姿态，而徕卡应该是孔明的姿态。然而事实却完全相反，面对我这个中国人，店员毫不吝啬对华为的溢美之词，并且十分感谢华为为徕卡注入了"关键性的资金"，言下之意是华为帮助徕卡渡过难关似的。合作细节我当然不了解，我也为我们的企业资金雄厚，在商业上可以大有作为而骄傲，但是那种替徕卡的担忧和情感上的心酸，我想只有徕卡迷可以理解吧。

徕卡经典般地活着，至少没有像柯达那样经典般地死去。无论现在购买徕卡相机的人是为了拍摄影像还是装点身份，抑或是为了执拗的情怀，但事实是，徕卡已经不再是只求结果的摄影师们的合理选择。对于徕卡，我当然不希望它死去，但是像徕卡这样的传奇作为一家企业未来会走向何方，我也并不知道。

汽车发明者再次发明汽车。
——奔驰广告语

⊗ 速度与激情

　　在我们这里，汽车走入私人家庭也就 20 年的光景。汽车消费正处于一个比较蒙昧的初级阶段，绝大多数人还处在拥有人生第一、二辆车的状态，而基于普罗大众的汽车文化更是接近一片荒漠。加上车企之间也许存在相互诋毁，于是诸如某国车皮薄不安全、车大而重才好、SUV 比轿车更加高级之类有失偏颇的流言却广泛流传。在这样的氛围中，以富有乐趣的方式驾驶本身就不是一件大众喜闻乐见的事情，甚至一说驾驶乐趣就会联想到飙车、小混混之类不怎么正面的词汇。**其实富有乐趣的驾驶是有很多方式和层面的，但是去世界上最具传奇色彩的一条赛道飞驰却是不可多得的一种……**

　　告别了徕卡总部，尚未抚平心中的涟漪，一路驶向西北。时而不限

⬆ 赛道旁的情侣

速地高歌猛进，时而在绿树成荫的乡间公路上惬意。我曾形容，在法国乡间开车美好得令人愿意一直开下去，在德国开车则让你生怕会结束。进入纽博格林的地盘，很远就可以听到在密林间引擎的欢唱，这些声音让我的心跳开始加速。再接近一些，空气里开始弥漫轮胎与地面摩擦的味道，这些味道，让我的呼吸开始急促。当经过一些著名的弯角看到各式车辆呼啸而过的场景，我的肾上腺素喷薄而出……

　　纽博格林赛道有接近 100 年的历史了，这么多年来一直在修修改改，但庆幸的是，无论怎么改，它超过 20 千米的长度被保留了下来。这种严重不适合现代赛事尤其是转播需要的赛道长度，却能容纳更多"闲适"的车迷在不同的弯角"发呆"。

　　纽博格林赛道海拔落差很大，并且路面质感变化也很大，这些特点使得很多汽车厂商喜欢来这里调校车辆，时间久了，各种追求驾驶乐趣的车就有了一个车迷们很在乎的"性能指标"——纽北圈速。于是车厂也开始重视产品在这条赛道上的表现。时间久了，这种比拼由暗地里跳到台前。车迷越在乎，厂商就越重视自己的车在这条赛道上的表现，甚至开始专门为这条赛道设计和调校车型，只为赢得车迷心中"纽北之王"的地位。有了这样的背景，车迷们便蜂拥而至，或者在这里一试身手，跑出自己的"纽北圈速"，或者来这里目不暇接地看别人的表演。无论车的性能还是自己的驾驶技术如何，纽北似乎都可以给你答案。纽博格林赛道"真理之环"的名声大概就是这么来的。

专业看客

　　"真理之环"必然催生"绿色地狱"，"绿色地狱"是纽博格林赛道的另一个绰号。"绿色"是因为这条赛道丛林掩映，"地狱"是因为大家的追捧以及对公众开放，造成这里几乎是全世界事故发生率和死亡率最高的赛道。这样的"危险感"只有亲身开上去才有所感受，这是一千次游戏模拟也不能体会的。由于厂商经常在这里做极限测试，车迷们来到这里也多会激动难耐，加上欧美人天然的冒险精神，这里车祸司空见惯。看赛道入口时刻待命的事故拖车、消防车和救护车就知道这里真的不是闹着玩的。听说为了安全考虑，未来官方可能会宣布禁止厂商在这里测试和公布圈速。

　　要不说人品很重要，前几天刚刚在东京街头妙遇"寿司之神"，这

⊗ 赛道上的车

　　就在纽北碰到了"四万" 前辈，这位大叔被很多车迷奉作神明。说老实话，国内的车评人如雨后春笋，水平也良莠不齐，经过大浪淘沙剩下的倒也基本能如实地解说一辆车。然而像"四万"大叔这般，能将诸多汽车文化和价值观层面的东西"肥而不腻"地娓娓道来的人还是凤毛麟角的。这次恰逢四先生到纽北做节目，迎面撞到真是有幸。同时感谢大叔给我的赛道建议和对一个车迷的平易近人。

⊗ 作者在纽北与著名汽车文化教主"四万"大叔合影

　　来纽博格林，光是形形色色的车和人就让一个喜欢这种文化的人应接不暇，就像一个孩子掉进了糖果堆里。但是真的要上赛道体验还是一

件严肃认真的事情。初次来还是建议在"RSR""R4R"之类专业的赛道租车店租一辆适合自己驾驶水平的车。然后认真听那个长达 40 分钟的安全课程与赛道解析，尽管我英语不算好，但是幸好能理解基本的赛车术语和走线原则，40 分钟竟然不知不觉就度过了。

真正踏上赛道，一定不能盲目，时刻把这条赛道想象成一条高级的不限速的开放式的公路，摆正心态，忘掉自己在模拟游戏里的英勇事迹，留足过弯的余量，不要骑上路肩，有快车就让，远离摩托车，因为安全讲解里说了他们"一碰就死"。当你慢慢以自己能驾驭的节奏与车和赛道渐渐融合，虽然谈不到"人车合一"，却也"车神附体"，之前说的以有乐趣的方式驾驶得以实现。这种乐趣无法言表，这种乐趣令人赞叹。如果非让我言表，我也不想用很多技术术语堆砌，就说一个特别深刻的感受吧——30 多年来，我第一次感受到了自己内脏的存在，它们时刻被挤压到身体的四壁，仿佛提醒我：兄弟，该减肥了。

激情过后，开车环游赛道周边，每一个视野良好的弯角都有人观赏，他们拖家带口，支开帐篷喝着啤酒，甚至房车里睡着婴儿和狗。如果说英国 BBC 的一档汽车节目能常年占领英国人的黄金时段，英国仍然是汽车文化与汽车评论的高地，那么，德国人更加乐意握起方向盘或者拿起改装的扳手，**因为我相信日耳曼民族的血管里流淌着的不是血液，而是汽油……**

⬆ 奔驰博物馆的老爷车

36 AUS 100

100 JAHRE LEICA-FOTOGRAFIE IN 36 BILDERN

徕卡总部的"世界第一照片墙"

ONE PICTURE
ONE WORLD 一图一世界
我们看到的"历史"

　　我们的祖先从穿着树叶的时候就想方设法记录，从结绳记事到岩洞壁画，从象形文字到拼音文字，近 200 年前照相机的发明让我们可以用影像记录历史。尽管现代照相机是法国人发明的，但是徕卡这家德国公司却对摄影的发展有"元年"意义。尤其是全人类那些共同的影像记忆，多半出自徕卡相机和那一代伟大的摄影大师。这几张照片拍自徕卡总部的博物馆。相比起展出的各式相机，这一面灯箱墙更加骄傲地记载着徕卡的荣耀。

徕卡总部的"世界第一照片墙"

　　相比于法国卢瓦尔河谷的城堡，德国和瑞士这些日耳曼人更喜欢把城堡建在山坡或者山顶等要塞地区。尽管占地面积和内部装修可能没有法国城堡那般夸张，但是却各个精彩并富有更多的军事色彩。

　　可能大家比较熟悉的德国城堡是新天鹅堡。作为迪士尼城堡的原型，

❀ 霍亨索伦城堡

这座城堡已经成为很多旅行社线路中必选的打卡地。相比之下，霍亨索伦城堡更让我青睐，因为它高耸于山巅的孤傲，因为它层叠递进的奇巧，还因为它曾经是德国最有权势的家族的发祥地。2017 年，中德建交 45 周年，我曾在国内有幸见到过城堡现在的主人。这位 30 多岁高大的巴伐利亚王子，谦和儒雅。我问候了他 2017 年出生的双胞胎女儿，他许诺下次我再去拍摄时给我提供航拍许可证，如果他也在，他会拿自己的大疆跟我学航拍。**我是否比王子殿下飞得更好我不知道，但是至少我知道德国制造业重地巴伐利亚的王子也在用大疆……**

⊗ 作者与巴伐利亚王子合影

这个十字最接近上帝
——瑞士

曾有人形象地把欧洲国家的国旗归纳为两类，那便是"拿破仑的归拿破仑，上帝的归上帝"。所谓"拿破仑的归拿破仑"是自从法国强人拿破仑横扫欧洲后，有大批的欧洲国家都使用了三色条纹旗，除了法国，还有俄国、荷兰、德国、斯洛伐克等。所谓"上帝的归上帝"，就是各种"十字旗"，比如，芬兰、挪威、丹麦、瑞典等国家的国旗都是颜色各异的十字旗。在这些代表上帝的"十字旗"中，绝大部分都是"十字"偏在一边的长方形国旗。于是，一面十字居中的正方形国旗显得尤其"正宗"。正如它的国旗一样，瑞士可能是这个人间最接近上帝和天堂的地方。

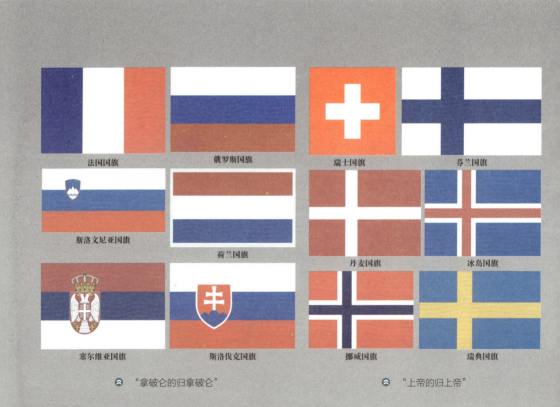

法国国旗　　俄罗斯国旗　　瑞士国旗　　芬兰国旗

斯洛文尼亚国旗　　荷兰国旗　　丹麦国旗　　冰岛国旗

塞尔维亚国旗　　斯洛伐克国旗　　挪威国旗　　瑞典国旗

△ "拿破仑的归拿破仑"　　　　△ "上帝的归上帝"

教皇的"瑞士卫队"

记得很多年前第一次到欧洲，像大部分游客一样在塞纳河里坐坐船，老佛爷里购购物，当然梵蒂冈也是必到的景点。在教皇的领地，一支高大威猛、英俊潇洒、服装很具文艺复兴特色的卫队引起了我的注意。后来知道这就是传说中教皇的"瑞士卫队"。

1527 年 5 月 6 日，哈布斯堡王朝查理五世的军队血洗罗马城，教廷卫队中其他国家的人几乎全部逃散，只有瑞士人顽强坚守，147 名瑞士士兵为保卫教皇流尽了最后一滴血。瑞士人的忠诚和勇敢赢得了教廷的信赖。从此，教廷卫队便只招收瑞士人。卫队的名称也由"教皇卫队"改称为"瑞士卫队"。自那以后的很多场合都有类似的故事发生，这使得瑞士雇佣军成为"忠贞不二""骁勇善战"的代名词。什么？一个盛产雇佣军的国家竟然是中立的？

强悍的武装中立

瑞士这个国家很著名的一个标签就是"永久中立国"。伴随着两次世界大战，这个中立国被人们熟知。瑞士在这两次大战中身处战火的中心，却都完美地保持了中立，也正因为瑞士的中立，瑞士人强烈的契约精神，加上银行业的保密制度和高度发达稳定的金融业，从纳粹到盟军，从民选政府到反政府武装，大家都把钱放在瑞士。

可能很多人认为"中立国"就是"老好人"和"和事佬"，至少我年幼无知时就是这么认为的。更多的了解让我为瑞士的中立找到一个更好的表述——"强悍的武装中立"。这就跟上一段说的瑞士盛产雇佣军不矛盾了。

其实，稍微动动脑子就能想明白，在世界大战中间可不是你声称中立就能中的，这就像你跟学校门口的小混混说中立他就不打你了吗？所以，能中立必定是本身有强大的武力才能做到的。据说二战的时候，纳粹德国曾经派过一支小部队试探性地攻击过瑞士，结果被当时称为最强陆军的德国军队，在跟瑞士军队的对抗中战损比例竟然达到 3：1，要知道据说德军与当时的苏联红军对战能达到 1：2 以下的战损率。再

梵蒂冈的瑞士卫队

联想到苏联出兵东北攻打日本的轻而易举，以及日军与当时中国部队的战损率对比……不由得两道黑线从太阳穴流淌下来。

　　时至今日，瑞士几乎把它国土上那些美丽的山都"掏空"了，隧道里都有红绿灯和十字路口。战斗机甚至可以在山体里滑跑，直接在洞口升空。如果瑞士凭借特殊的地形固守，真的是固若金汤。你可以用空袭把瑞士的表面夷为平地，但要占领和统治瑞士必将陷入与瑞士人死磕到底的深渊。瑞士的每个男性都要服兵役，并且服役结束后所有单兵装备，甚至包括重机枪之类全部带回家，遇到战时可以迅速归建。这样的制度使得瑞士全民都有良好的军事素养，战时的调集能力也是世界少有。这样的制度也使得几乎每个瑞士男人家里都有个"军火库"，但是我们并不曾听说瑞士有过多少枪支犯罪。这一点甚至被美国步枪协会这样的反对控枪的组织拿来当作论据，他们认为瑞士的案例说明，并不是民间有大量枪

⌂ 圣莫里茨附近的小村庄

支就一定会枪击案频发，问题不在于枪而在于人。

"山里人"的高傲与倔强

瑞士人骨子里有一种骄傲和倔强，这种高傲不同于法国人的极其矫情的高傲，而更像是一种极度的自信与坚毅。

瑞士地处大山大湖之间，几乎没有一寸平地，也几乎没有农业。在科学技术并不昌明的时代，这样的地理环境可不意味着丰富的旅游资源，而是更加艰难困苦的生活。所以生活在这里的人们需要更加勇敢、团结、坚毅地与自然环境斗争，这样的磨炼反过来造就了一个高素质的精悍民族。他们具有高度的自豪感和对自己国家的认同，他们不惜一切捍卫自己国家，英勇、忠诚，甚至达到了一种偏执的倔强。这种倔强表现在他们的强势武装中立，也表现在他们更乐于高傲地孤立自己。

⬟ 马特洪峰

⊗ 勃朗峰

像瑞士般的存在

尽管瑞士认可欧盟国的申根签证，但是瑞士至今仍然未加入欧盟，不仅如此，瑞士几乎不加入任何国际间的条约和组织；在瑞士可以使用欧元，但是找回的零钱一定是瑞士法郎；瑞士消费相对较高，但是物有所值，瑞士人绝不坑害别人，但别人也别想占一点瑞士人的便宜；瑞士造的纸世界最好，但是他们不砍自己一棵树；瑞士人造的手表好到能把贪官送进监狱，但是瑞士人乐意用死磕的精神精制手表的原因竟然是用同样重量的钢材做手表比做汽车赚的多得多，造汽车附加值太低……说这话让隔壁的德国人怎么活呢？

瑞士人的这种强烈的自我意识和倔强非但没使得周围的小伙伴远离，反而成了众人羡慕的香饽饽，经济、福利已然很好的德国人都以移民瑞士为荣；瑞士虽然很"高冷"，但是从世贸组织到国际足联，再到国际奥委会、红十字国际委员会，这些国际组织的总部却都喜欢设在瑞士。瑞士就这样孤傲地存在着，他们拥有这个世界上最美丽的山和湖，他们过着这个世界上最富裕和安逸的生活，可能在他们躺在自家房顶享受日光的时候眼中只有上帝吧……

ONE PICTURE
ONE WORLD 一图一世界
派拉蒙的山

　　整个阿尔卑斯地区就像上帝把装美景的口袋落在了这里，瑞士"端坐"于阿尔卑斯山中央，有太多美好的雪山。在前文里出现的这座三角山可能是我最爱的山了，这个三角完美地符合了或抽象或具象的对于山的一切想象。

　　马特洪峰坐落在瑞士南部，接近法国和意大利。它是派拉蒙片头山的原型，它是著名的三角巧克力的设计灵感来源，它也是我觉得特别入画、特别戏剧性的一座山。山下的小镇采尔马特应该算是世界几大户外运动大本营之一了。这里一年四季都不乏各路户外运动的高手。滑翔伞、山地骑行、登山、攀岩、滑雪、翼装飞行……在这里，你几乎可以见到所有极限运动项目的顶级表演。当然，如果你有其中一两项的基础，便可以在这些世界顶级的"天然赛道""天然航道""天然雪道"上体会与最美自然交融的美好。我一直认为极限运动不是无谓冒险，也不是征服什么，而是和自然的互动和嬉戏，用一种更极致的形式去体会大自然的魅力。

⛰ 马特洪峰成为派拉蒙的标志（图片来自网络）

⚠ 夜色中的马特洪峰

萨尔茨堡的回响
与维也纳的宝藏

——奥地利

　　从西往东去奥地利的路上，一路反复来回穿越德国、奥地利、瑞士、列支敦士登几国的国境线，除了通过限速牌的有无，通过公路上的补丁使车轮产生的不同音高，就能判断身处德国还是奥地利。德国公路的补丁会有不同颜色，同样颜色的补丁代表着同一次维修，这些补丁不仅方方正正，而且无论什么颜色（年代），车轮压上去，车的悬架几乎没有任何颠簸，并且轮胎的噪音音高几乎没有一丝变化。这是一种"德国极了"的作风，如果你是个汽车爱好者，你会知道我在说什么，如果你是一个

⬆ 萨尔斯堡城堡

工科生，也会知道这其实并不容易做到。这些修路的德国工人哪里是在修公路，简直是在"磨皮"。相对应的，奥地利的公路就"艺术"许多，补丁不但没有多种颜色的区分，而且压过质感各不相同的补丁与接缝，车就不那么安分，不仅轮胎奏起了"音乐"，汽车屁股也会跟随节奏扭动，这仿佛是在致敬电影《翠堤春晓》中施特劳斯的《维也纳森林的故事圆舞曲》的创作过程。

电影《翠堤春晓》中《维也纳森林的故事圆舞曲》产生的经典片段

⊗ 招牌与品牌的概念就起源于萨尔斯堡的街巷

在这里莫扎特成长

　　作为昔日哈布斯堡王朝的首都，萨尔斯堡遗存丰富。虽然不像爱丁堡或者布拉格这样体量巨大且错落有致的欧洲古城那般惊艳，却也保留了"大城"的风范。穿过那些有名的街巷；倾听敢在这里表演的街头乐手们颇具水准的演出；仰望山顶的萨尔斯堡城堡；留恋《音乐之声》的几个取景地……萨尔斯堡就在那里，就在那里……

　　莫扎特可能是我最喜欢的古典音乐大师，几乎没有之一，相比于巴赫近乎数学的音乐方式，或者柴可夫斯基的极尽华丽，以及施特劳斯家族的流畅，莫扎特那种独有的没道理的好听旋律只能用"神酬天宠"来形容了。在萨尔斯堡，可以说到处都有莫扎特的痕迹。他的故居当然是

⚄ "矮子"莫扎特

一个崇拜者必然要看看的地方。不大的房间，陈列丰富。翻译一般的中文讲解倒也能不错地梳理和串联起我已知的有关莫扎特碎片式的信息。如果说天才也分三六九等，那么莫扎特应该算是天才中的天才。这也难怪"天妒英才"也首先砸到他头上，尽管这不符合天塌下来高个子顶着的原理。莫扎特真的不高，在莫扎特故居的特许商店里，各种消费莫扎特的纪念品自然不少，但是一个专门调侃莫扎特身高的创意墙倒也让人轻松，这种轻松，其实是因为在我的内心里一直觉得莫扎特真的是死得太早，去看他的故居已经先入为主地怀着惋惜，看到这里的人们却已释怀，甚至拿莫扎特的身高开玩笑，我也会心一笑。莫扎特尽管活得不长，

⚄ "莫扎特"在我眼里

但是他创造的古典音乐的奇迹至今也无后来者能够比肩，即便是在当时的乐坛，其顶级的地位和话语权也是令很多人难以望其项背。说到这不得不提另一个人，那就是贝多芬。

也许是因为贝多芬活得长，自然《命运》曲折绵长，留给人们的形象也都是满目《悲怆》。而莫扎特的人生定格在青年，所以给人留下的形象稚嫩清爽。因此可能很多人忽略了其实莫扎特比贝多芬年长的史实。比起莫扎特，贝多芬应该算是勤奋型的音乐家。据说，贝多芬在十几岁的时候就多次拜见莫扎特请教，但是莫扎特一开始对贝多芬的东西并不太感冒，直到贝多芬多次登门请教才打动了莫扎特。莫扎特选取了当时贝多芬相对优秀的作品加以修改，给了贝多芬的作品宫廷演奏的机会。因此，某种意义上说，莫扎特对贝多芬应该算是有过知遇和提携之恩。

◈ 《音乐之声》取景地

⊗ 维也纳自然博物馆

在莫扎特的故居里，有一架很破旧不起眼的钢琴，据说是莫扎特教贝多芬的时候用过的。单单想到这样一架琴曾经被这样两位大师奏响，还是会对历史的安排投去会心的微笑。这样的会心，我还在看凡·高画的《高更的椅子》和高更画的《凡·高的椅子》时有过；还在看张大千和毕加索会见的记录时有过；还在热泪盈眶地看完《打扰伯格曼》时有过……这样的大师们之间难得的互动，我觉得尤其动人。

在这里莫扎特埋葬

维也纳是一个让我有些意外的地方，比起音乐，这里更让我感动的居然是"一些石头"。

维也纳作为"音乐之都"为人熟知，来金色大厅听歌剧也成了来维也纳重要的打卡方式。演出质量的平庸和观众席上挥舞绸缎的大妈们也真的让我有些许失望。如果来维也纳听音乐，我更推荐一些不插电的小剧场。然而，另一个我未曾想到的方面却让我兴奋不已，这就是维也纳的自然博物馆。**如果说卢浮宫、大英博物馆这些博物馆博的是古今和人类文明，那么维也纳自然博物馆，博的是天地和自然造化。**维也纳兴盛的年代正是大航海和物种交换的年代——一个动不动就发现新大陆，动

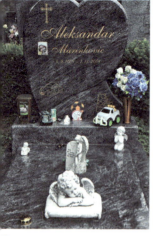

维也纳墓地里一个婴儿的墓碑　　　　　　　　　　　　　维也纳音乐家墓地

不动就发现新物种，动不动就有基础自然学科的重大突破的时代。作为
这个时代的欧洲自然科学中心，维也纳自然博物馆里的矿石和动物标本
让我惊愕，精彩程度和令人难以置信的程度，让我这个自认为自然科学
知识丰富的人大感惭愧。

当然，在维也纳，无论如何也绕不过音乐和音乐家们。郊外的"音
乐家墓地"倒是我觉得来维也纳感受"音乐"的最好去处。"音乐家墓地"
其实是旅行者的叫法，这里埋的远不仅是音乐家，更多是普通人，这个
公墓有 30 万人长眠。这里埋葬的有历史悠久的家族，也有客死他乡的
外地人，有仅仅看了世界一眼的婴儿，当然也有莫扎特、贝多芬、海顿、
勃拉姆斯、施特劳斯等一众音乐大师。

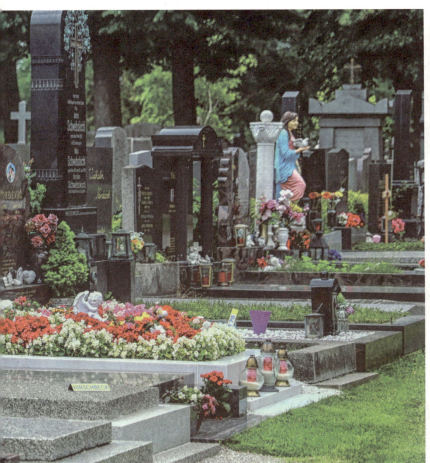

☝ 贝多芬之墓

☝ 莫扎特与贝多芬比邻长眠

来到这座墓园时，我低估了它的规模，并没有按照攻略里推荐的车站下车，而是一看到墓地便下车走了进去。足足半小时漫步在墓园里，看着一座座墓碑在眼前划过，除了感叹墓园之大，作为一个设计控，我很快就感慨于这么多的墓碑居然没有一个是重样的。这与大多数墓园中的墓碑整齐划一，排列整齐，最多分高、中、低档不同，这里的墓碑设计各异，颇具观赏性。遇到有特色的墓碑我也忍不住多看几眼，读一读墓碑上的墓志铭。这些墓志铭可以说是对一个个逝去的生命最简短和鲜明的说明，以这样的速度浏览别人的人生，让我觉得活着的过程和体验弥足珍贵。

来到音乐大师们的墓碑集中的区域，自然激动不已，这可能是我可以距离这些响亮的名字最近的地方。在一个小区域里，莫扎特的墓碑占

《 ↻ ≪ 维也纳的游行

据 C 位，而贝多芬就在他身旁。两天前才看过他们一起使用过的钢琴，现在又见他们陪伴左右，永远相望。这些大师的墓碑自然更加讲究和高大，但是无论平民的还是大师的墓碑都给人同样的宁静与安详。这也是这个规模巨大的墓地给我的第一感受——安详。这让人对墓地的感觉有些颠覆，对死亡的恐惧也会减少很多。

如果说音乐家墓地给我的震撼是意料之中的，同一天迎头赶上维也纳盛大的同性恋大游行则在意料之外。我兴冲冲地加入了狂欢的队伍，还是那个阴天，还是那个下午。墓地里，死去的人，平静、安详；大街上，游行的人，展现自由、平等和人性的光芒。

一天之内，生要生得热烈，死要死得安详……

⬆ 游行的人

哈尔施塔特，一个奥地利小镇的名字，这座小镇有个响亮的"江湖名号"，叫作"世界最美小镇"。说真的，当我第一次看到这个小镇那张经典角度的照片的时候，我对这个名号基本认同。

 哈尔施塔特

　　由承载了无数美誉的名城萨尔斯堡往东南去，不久就可以看到通往哈尔施塔特的路牌。在奥地利有个有趣的现象，高速路的路牌是蓝色的，而普通路段的路牌是绿色的，这是一个明显与国际习惯相悖的做法。据说是因为高速绿色、其他蓝色的标准始于德国，由于德国在工业尤其是汽车工业的领先地位，这个习惯被世界各国沿用，而奥地利在进行大量基础建设的年代，正是民族既脱胎于日耳曼，又总是被德国侵略的民族心理"拧巴"的年代，于是，他们非得跟德国"对着干"。也许，奥地

利人觉得颠倒下路牌的颜色就能让入侵的"德国鬼子"搞不清路线，这一招对刻板的德国人或许还真的有用。

进入哈尔施塔特，必须要经过一段开侧窗的隧道。比起欧洲常见的半挂公路，这一段侧窗开得要小些，这使得进入小镇的体验有些特别。开车走过这段隧道，时不时在黑暗里来一个"取景窗"，尤其我去的那天是个下雨天，有时候"取景窗"还有小瀑布当作前景，看起来哈尔施塔特注定是一个让摄影人不得不取景的地方。

清晨进入，抢占能免费停 2 小时的停车场，步行穿过镇子寻找那个

⚑ 小镇美丽的早晨

著名的"明信片角度"。漫步在镇子里，单看这座小镇的每座小房子并无明显特色，尤其是像我这样刚从精致到令人发指的瑞士小镇一路过来，进入哈尔施塔特并不会有多少兴奋。穿过镇子沿着主路继续走，地势开始缓缓升高，拐过一个慢弯，回头看去，那个魂牵梦绕的画面跃然呈现于眼前。我抱着试试看的心态直接在谷歌地图上用中文输入了"明信片角度"，居然与我的位置完美重合。哈尔施塔特就像一个有灵气的平面模特，她既不适合走秀，也不适合站台，但是独有的镜头表现力让她一旦进入镜头便活灵活现。

比繁复还要繁复的宫廷

　　每一个文化在鼎盛的时候往往都繁复，奥地利的这些宫殿即是如此。茜茜公主这位欧洲第一公主，在维也纳度过了她人生最好的年华，政治联姻与宫廷斗争，注定是一个不羁女孩的噩梦。在维也纳的宫殿和博物馆里，你能感受到欧洲鼎盛时期的审美与讲究，也能感受到一个小女孩的凄惨与无助。如果你也喜欢这位欧洲第一公主，不妨来维也纳看一看，无奈我并没法展示更多，因为很多宫殿内是禁止拍摄的，不过这样也好，你们也不希望剧透不是？

　　宫廷里的一个门把手

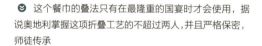 茜茜公主的一生

⊗ 这个餐巾的叠法只有在最隆重的国宴时才会使用，据说奥地利掌握这项折叠工艺的不超过两人，并且严格保密，师徒传承

⊗ 宴会桌

　　梅尔克修道院坐落在距离维也纳一个小时车程的山坡上。我认为它是奥地利最美的修道院，不仅仅因为这里有着"世界最美楼梯"，有着世界绝美图书馆，有着世界少有的红色大理石教堂，还因这里对宗教的宽容与思考。

　　修道院与教堂的关系就像学校与用人单位。修道院是给教堂培养神父、主教的地方。不同的是大学会给人象牙塔的印象，而修道院成了宗教原罪甚至无数影视作品里表现宗教黑暗最好的载体，影视作品里各种邪恶的宗教派别和反人类的幻想都爱拿修道院作为发展的温床。然而在梅尔克修道院，一个艺术展览吸引了我。这里展出了 Joelle 女士极具现代风格的画作，这已经让我觉得与脑海里修道院保守阴森的宗教风格有所区别。而走进展馆的地下室，一个装置艺术的展览更是让我咋舌。这是一个用十字架作为主要元素的装置艺术作品系列，一眼便能看出作者对宗教的思考和疑问，有些作品简直就是赤裸裸的拷问。对多元文化的接纳与对基本哲学和科学问题的思考，在欧洲一直有着良好的传统，**有人说科学和艺术就像两条线交替引领着人类向前，我觉得科学更像是引擎，推动人类向前，艺术更像是方向盘，告诉人类"前"在哪里。**

⌃ 修道院图书馆　　　　　　⌃ 画展

⌃ 装置艺术展　　　　　　⌃ 装置艺术展

冰的岛

或许，人们把冰岛（Iceland）和格陵兰岛（Greenland）的名字搞反了。一个叫作"绿岛"的地方其实终年冰封，而一个叫"冰岛"的地方，却季节鲜明、色彩丰富……

冰岛地处偏僻，就在前几年还是一个冷门的旅游地，因此可能大多数人对冰岛并没有很清晰的感知，所以先以我的视角介绍一下冰岛吧。

冰岛与欧洲大陆和美洲大陆的距离差不多，因此它曾经在二战和冷战时期有着独特的战略地位。冰岛确实很靠北，它的大部分国土进入了北极圈，这样的地理位置让人们很容易把这里想象成一片冰封的苦寒之地，加之《火星救援》《遗落战境》《007之择日而亡》《权力的游戏》这样拍摄荒凉大地或者外星主题的电影纷纷来此取景，更是给我们留下了冰岛气候恶劣的印象。然而，事实并非如此。由于墨西哥暖流在这里"掉头"，海洋性气候对冰岛的影响远远大于了纬度。因此冰岛冬季的气温远比想象的高，最低也不过零下十几摄氏度，这也就与我国北方相仿，正因为这样，比起黄刀镇或者阿拉斯加冬季深夜里零下30摄氏度

极光染绿夜空

☆ 间歇泉

以下的低温，冰岛几乎是地球上观看和拍摄极光最舒适的地方了。而隔壁的格陵兰岛却因为连接着大陆，真的是终年冰封。据说早先这里的维京海盗是故意把这两个岛的名字反着来的，以便把家眷和财宝藏在冰岛，而让复仇的人去"绿岛"。

作为一个国家，冰岛只有 30 万人口，在欧洲也是人口密度最小的国家。这个国家没有常备军队，就连外交事务都委托给了邻居。这里几乎是地球上受教育程度最高、消费水平也最高的地方。冰岛自二战后就没有发生过一起刑事案件，从人均 GDP 到廉洁程度，世界上几乎所有正面的榜单，冰岛都在前几名。2016 年欧洲杯上响彻云霄的"维京吼"想必是他们最好的气质名片。

冰岛的冬季有极光、蓝洞这样地球上稀有的景致，而其他季节也不

≪ 维克镇

逊色，奇特的地貌、丰富的色彩、多变的气候仍然不会令人乏味。在冰岛，如果遇到坏天气，请等 3 分钟再说。事实上这样时刻剧烈变化的天气正是摄影师的最爱，因为这样的拍摄条件远比一天大太阳有戏剧性得多……

接下来，我不想逐一介绍冰岛的景点，这些信息可以相对容易地找到。我还是更想说说我个人对冰岛的阅读和感受。

这里超高的人均 GDP 却无关奢侈

冰岛很富有，人均收入世界前几位。但走在首都雷克雅未克街头，你看不到象征财富的高楼大厦和遍地豪车。这里的人们衣食住行相对简约，普通民众的房子也不像美国那般宽敞。我觉得，除了冰岛人相对较高的教育水平使得大部分人更在意精神层面的生活以外，深入民心的平

⬆ 蓝冰洞里的地下暗河

⊗ 冰封的路

⊗ 一个下水道工人

等观念起了很大作用。如果说美国式的民主制度是自由与平等互相制衡、互相博弈的结果，那么在北欧、冰岛则明显更在意平等。民众收入高，但是高得平等，各种社会角色在收入上差别不大。加之这里的教育自小就不宣扬成功学思维，在这里，并没有一种成功叫作"出人头地"，也没有明显的社会阶层高下之分。近些年，在北欧，爱国主义都被视作一种并不值得提倡的思想，取而代之的是更加普世的"世界大同，人类携手"之类的思想。于是人们普遍对更大的房子、更好的车、更多的奢侈品之类没有太大的追求。一种"无竞争主义"的社会形态在这里表露无遗，这种"平等"和"均匀"表面上看与平均主义有些相像，但我觉得这更像是人类社会进程螺旋式发展的另一个更高阶段。

人类可以有很高的集体觉悟

在这样制度安排和公民主流价值观都认可平等为先的条件下，北欧国家，尤其是冰岛的民众呈现出一种很高的集体觉悟与修养，特别是艺

⚵ 冰岛矮马

术修养。这种高度自觉和修养不仅造就了宜家这样的公司，以及街头画廊比便利店都多，也造就了更小的政府、更低的管理成本，整个社会进入一种自然有序生长的状态。人们真的是靠修养和道德维持着社会的安宁、平等与高雅。这种社会形态是从小生活在竞争社会的人很难想象的。

美好只因他们回到了小国寡民的时代

似乎冰岛的人们不必竞争，不必勤奋，只要平和地做好自己喜欢的事情就可以富裕安乐地生活在这片土地上。这种富足不同于中东那种地下有石油的资源型，也不同于新加坡那种勤奋型。美国总统候选人桑德

⬆ 黑沙滩

斯在电视竞选辩论上曾经说他要把美国建设成丹麦、冰岛这样的北欧国家，听众嘘他不自量力。先不说美国这么骄傲的国家居然也向往北欧的社会状态，至少他们嘘得没错，因为作为多民族大国，平等需要考量的维度太多，多到几乎不可能做到冰岛那样的简单、对称式的平等。我觉得冰岛的模式首先来自他们"小国寡民"的状态，小国寡民减少了维持平等的维度；小国寡民更容易统一国民的价值观；小国寡民有利于他们自抬身价并保持这样的身价。于是一个童话般美丽、宜家般简约的北欧，一个冰与火同在又极致纯净的冰岛得以呈现在我们面前。

ONE PICTURE
ONE WORLD 一图一世界
黑沙滩、蓝冰洞、绿极光

　　冰岛是一个欣赏风景段位的试验场。我认为，对自然风景的鉴赏能力，像对其他艺术品、美食的鉴赏力一样是分段位的。有人喜欢富贵牡丹，有人喜欢毕加索，有人喜欢爆炒腰花，有人喜欢蓝纹奶酪。对一个事物的审美，是与天分、知识结构、文化熏陶分不开的。对于欣赏风景，作为一个风光摄影师的我还算是有些经验。在我看来，风景的戏剧性和入画性还有相互搭配呈现出的调性，甚至包括给予摄影师的可选择性和可诠释性，是风景品质的关键，而不是一个山有多高，一个湖有多蓝，一个瀑布有多大之类。如果按照这套理论评价，冰岛的风景层级极高，

　　◆ 黑沙滩

☝ 绿极光

尤其是在一个地方集中了这么多的高品质风景实属难得。冰岛也可以看
作是一个风光摄影师的进阶考场，比起那些人们更"喜闻乐见"的风景，
这里的"食材"难得而名贵，需要摄影师小心烹饪，才能得到顶级美味。
冰岛的黑沙滩、蓝冰洞、绿极光，在一起的组合世间少有，十分入画，
只等诸位的慧眼和镜头。

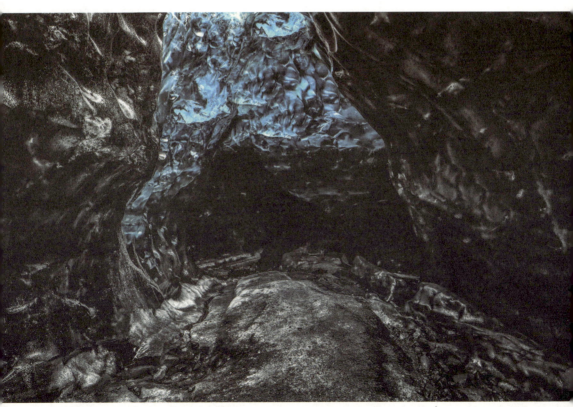

☝ 蓝冰洞

ONE PICTURE
ONE WORLD 一图一世界
这不是草地

　　中学的时候，我们就曾经在地理课上学习过亚热带季风气候、温带季风气候、寒带苔原气候……真的走遍全球，才更能理解这些昔日死记硬背的知识。在冰岛，很多地方可以看到这样大片的"绿地"，即便是在冬天，冰雪裹挟着绿色也真的是很有生机，这甚至比我长大的华北的冬天还要显得有生机。但这些绿色不是草，而是苔藓。这些起伏有致的也不是泥土，而是货真价实的火山灰。所以这些"绿地"会让你越看越觉得"不对劲"，越看越觉得这种绿有着更坚毅的本质。

　　听当地人说，这些苔藓，每年才长高 1 毫米，对，你没看错，真的

　　火山灰上的苔藓

⬆ 这些苔藓 1 年只长 1 毫米

是 1 年 1 毫米。这样的苔原生态其实十分脆弱，因此在冰岛，除了被专门规划的可以进入苔原观光的线路，其他苔原区是绝不能随便踏上去的。听说有游客将越野车直接开了进去，被冰岛警方罚了半辆车价格的罚款。

冰岛本身是一个全民文化水准极高的国家，前文提到过，这里甚至催生了不提倡"爱国主义"而是认同"世界大同"的意识形态。但是，不提倡民粹式爱国，并不代表这里的人不热爱和不珍惜这块土地。这表现在冰岛人有着极强的自我保护意识和环境保护意识。因此，因破坏了苔藓而在冰岛遭到最严厉的惩罚也不奇怪了。

近几年，随着《权力的游戏》之类影视剧的热播和中国这样的大国国民开始热衷差异化旅行，冰岛旅游空前火热。冰岛人面对纷至沓来的游客，首先想的可不是如何服务或者赚钱，而是如何保障冰岛的资源不被破坏，因此他们出台了很多限制旅游的措施。比如，他们规定在一些远离城市的热门景点附近 20 千米内严禁修建新的建筑，别说是酒店，建筑都不行！即便是在城镇里，新建酒店或者其他可能用于接待游客的建筑审批也十分严格。也许未来，冰岛旅行会采取配额制也说不定呢。

ONE PICTURE
ONE WORLD 一图一世界
冰岛的冰

　　冰岛自然有很多冰，冰岛也确实有世界上最好看的冰。在苏格兰我发出过这样的感慨，一个湖的美丽在于美丽的湖边，那么冰的美丽，不仅仅因为它本身的极度纯净，还要看它"冰"到了什么样的境界。冰岛几乎把你可以想象到的有关冰的呈现发挥到了极致，比如冰川、冰山、蓝冰洞、沙滩碎冰等。尤其是"钻石沙滩"上那些极度美妙的冰在黑沙滩的映衬下，确实如一颗颗钻石在黑丝绒上闪耀着光芒。

蓝到极致　　　　　　　　蓝色冰"礁"

我们读的万卷书其实就是前人走的万里路，网络时代，万卷书我们或主动或被动地读着，万里路却还是要自己走。旅行更像是恋爱，只有自己走才能遇到自己的那片风景或者那个姑娘……

写给父亲和儿子

看，我出道时是人像摄影师呢，摄于 1985 年

据说我两岁时就开始端起相机拍照了，其实我也不信，不过好在那个年代照片还不能肆意被改动，照片本身还是很好的证据……

同样在我很小很小的时候，一天，父亲拿回来很多花花绿绿的海报，海报上山山水水煞是好看。晚饭后，父亲拿剪刀一张张地剪下海报下面的选票并认真勾选。在那个对什么都一知半解的年龄，我依稀记得那是关于评选"中国十大景观"之类的选票，据说填好邮寄回去，可以收获纪念品。看到父亲每张都勾选了我们家后面那座不起眼的"破山"，我很纳闷。"当然要选，它是国山！皇帝都要来这里封禅！"父亲坚定的回答让我对它突然有了一点点概念。就这样，我们家后面那座灰不溜秋的山在我的概念里突然高大上起来，甚至居住在它脚下还有了那么点自豪感。尽管我根本不知道国山和国旗、国歌没什么关系，也更不知道"封禅"二字怎么写。

20 世纪 80 年代末，我大概七八岁的样子，这个年龄据说狗都嫌弃，原因可能是这时候正是世界观和价值观建立的第一次高潮，孩子精力旺盛、吸收能力极强。正是这个年龄，我一丝不苟地听了一大筐的原版黑胶唱片、磕磕绊绊地读了卞之琳的翻译，还有一个英气逼人的据说在上海名校读书的远房舅舅来我家小住一段，带来了很多不曾听说的名词和故事。噢，对了，也正是从这个年龄开始，我经常登上我家后面这座山，开始对它有了具体的印象。

父亲是"远近闻名"的摄影家，在那个一只胶卷等于三分之一当月工资、一架相机等于三年工资的时代，摄影注定是十分小众的爱好，大部分爱好者都是因为职业接触进而开始一定的艺术创作。物以稀为贵，跟随父辈出去拍照无疑是那时候最快乐的事情。拍摄的主要题材自然是后面那座山。胶片在那时候无比珍贵，我就曾见过父亲钻进棉被，在胶片开头粘贴一段废胶片，以便连原本装胶片时被拉出来的那一段也加以利用。同样的，在拍到最后一张以后，一般手摇过片只能过到一半，这半张胶片也不能浪费，那时候的相机手动过片和快门上弦是同步的，过片不完全快门自然不能释放。但没有什么能难倒贫穷时代的中国人，父亲他们就巧妙地利用多次曝光功能，单独为快门上弦，然后就可以拍一张半幅的画面。经过这一系列创造，一只胶卷甚至可以拍到 39.5 张。（上面这一段如果你看得懂，说明你的摄影接触史至少在 20 年以上，那是不是暴露年龄了？）没过多久，邓小平"画了个圈"的效应逐渐传到我们这里，父辈们也不再对胶片张张算计，于是每当一次创作接近尾声，相机里恰好有拍到 34、35 张的胶片时，那剩下的一两张就成了我的福利。在帮大人背了一天三脚架之后，能实际拍上几张照片令我幸福不已。我的摄影创作就算是正式开始了。

可能我这一生的价值好恶很多受父亲影响，我很庆幸小时候在一个宽松自由的环境中长大，早上有父亲买的豆浆油条和音量并不大的"广播"，下午放学跟父亲一头扎进"暗房"，体味摄影在化学层面的美妙。房间里经常回荡着"德沃夏克"或者"肖邦"。假日里，跟父亲拍照片、野炊、露营、观察昆虫、收养刺猬……跟随父亲没有学会世故与逢迎，但种下了追求自由的种子，这颗种子在那时候看来是个有点"格格不入"的小众品种，生长到现在，好像跟另一种远方的叫作"普世价值"的品种很像、很像……

作为一个桃李不算多但是真的遍天下的老师，经常在教师节收到"一日为师，终身为父"的感谢，但我觉得这句话不是在教育弟子们尊师重道，而是说明做父亲责任有多么重大。我觉得这句话理解为"一日可以为师，终生才能为父"才更加符合逻辑。不久前我也刚刚做了父亲，这个角色，令人欣喜而焦虑。我不知道我是否能做一个好父亲，但我想继续传给他对这个世界的好奇和对生活的热爱。也许他将来可以对这个世界有更多的认知和体验，你说呢，小家伙。

● 我跟父亲在泰山顶纪念碑前的合影，摄于 1996 年

责任编辑：方　妍
责任校对：高余朵
装帧设计：张晓曦
责任印制：汪立峰

图书在版编目（ＣＩＰ）数据

用镜头阅读远方 ：影像视角下的欧洲旅游文化 / 闫
实著. -- 杭州 ：浙江摄影出版社，2020.3（2023.1重印）
　　ISBN 978-7-5514-2896-5

　　Ⅰ．①用… Ⅱ．①闫… Ⅲ．①随笔－作品集－中国－
当代 Ⅳ．①I267.1

中国版本图书馆CIP数据核字 (2019) 第301081号

YONG JINGTOU YUEDU YUANFANG

用镜头阅读远方
影像视角下的欧洲旅游文化

闫实　著

全国百佳图书出版单位
浙江摄影出版社出版发行
　　　　地址：杭州体育场路347号
　　　　邮编：310006
　　　　电话：0571-85151082
　　　　网址：www．photo．zjcb．com
经销：全国新华书店
制版：杭州美虹电脑设计有限公司
印刷：廊坊市印艺阁数字科技有限公司
开本：710mm×1000mm　1/16
印张：11.5
2020年3月第1版　2023年1月第2次印刷
ＩＳＢＮ 978-7-5514-2896-5
定 价：92.00元